从语言学看文学
——唐宋近体诗三论

曹逢甫 著

图书在版编目(CIP)数据

从语言学看文学：唐宋近体诗三论/曹逢甫著．—北京：北京大学出版社，2016.9

ISBN 978-7-301-27347-0

Ⅰ.①从… Ⅱ.①曹… Ⅲ.①唐诗—近体诗—诗歌研究②宋诗—近体诗—诗歌研究 Ⅳ.①I207.22

中国版本图书馆CIP数据核字(2016)第180298号

书　　　名	从语言学看文学——唐宋近体诗三论 Cong Yuyanxue Kan Wenxue
著作责任者	曹逢甫　著
责任编辑	王铁军　孙娴
标准书号	ISBN 978-7-301-27347-0
出版发行	北京大学出版社
地　　　址	北京市海淀区成府路205号　100871
网　　　址	http://www.pup.cn　新浪微博：@北京大学出版社
电子信箱	zpup@pup.cn
电　　　话	邮购部 62752015　发行部 62750672　编辑部 62754144
印刷者	三河市博文印刷有限公司
经销者	新华书店
	650毫米×980毫米　16开本　13印张　152千字 2016年9月第1版　2016年9月第1次印刷
定　　　价	36.00元

未经许可，不得以任何方式复制或抄袭本书之部分或全部内容。

版权所有，侵权必究

举报电话：010-62752024　电子信箱：fd@pup.pku.edu.cn

图书如有印装质量问题，请与出版部联系，电话：010-62756370

目 录

序 ……………………………………………………………… 1
初版序 ………………………………………………………… 1

壹：四行的世界——从言谈分析的观点看绝句的结构 …… 1
一、导言 ……………………………………………………… 1
二、绝句的音韵、对仗以及造句法
　　与"起承转合"的关系 ……………………………… 2
三、不符合"起承转合"结构原则的绝句 ………………… 9
四、"承""转"的方法 …………………………………… 13
五、起承转合的结构原则与绝句的欣赏 ………………… 45
六、结语 …………………………………………………… 50

贰：从主题—评论的观点看唐宋诗的句法与赏析 ………… 53
一、导论 …………………………………………………… 53
二、句法分析的理论架构 ………………………………… 54
三、意义节奏与音韵节奏 ………………………………… 62
四、主题的选择与诗意的传达 …………………………… 73
五、句长、句式与诗的表情作用 ………………………… 94
六、结语 …………………………………………………… 101

叁：唐诗对偶句的形式条件与篇章修辞功能 ················ 103
  一、导论 ································· 103
  二、唐律对偶句的形式条件——语音与语法之部 ······ 105
  三、语意条件 ····························· 150
  四、对偶句的篇章修辞功能 ·················· 164
  五、结语 ································· 171

参考文献 ································· 181
诗题索引 ································· 188

序

  我在本书初版的自序中提到，我写那几篇与唐宋诗有关的论文的动机，完全是因为想要把自己的正规工作——从事语言研究与教学与个人嗜好——写诗与研究诗结合起来。也因此，当那本小书于 2004 年出版时，个人压根儿也没想到有为数不少的读者会对它感兴趣，甚至于花了不少的时间去仔细阅读它。我不敢有这种奢望还有另外一个原因：研究与书写古典诗学本来就不是热门的工作，更何况是从一个更为冷僻的领域——语言学切入的研究。不过读者的反应很快就证明我的想法是不正确的，那本小书在短短三四年内就销售一空，对这一件令人惊喜的事，个人也曾进行了一番思考，也终于悟出了其间的道理。

  这要从差不多在同时间出版的另一本小书说起。个人在 2001 年和指导的两位硕士生蔡立中、刘秀莹共同出版了一本名为《身体与譬喻：语言与认知的首要接口》（台北：文鹤出版社）的书，从书名各位可以看出，这是一本有关汉语譬喻和身体部位关系的书，也是一本有关以身体为本的认知思想的书。最近十年在全世界掀起风潮的认知哲学、认知心理学与认知诗学相关的巨著 Metaphors We Live By（我们赖以生存的譬喻），曾引起很大的震撼，也重新激活了世人对隐喻与转喻的研究，同时也带动了语言学与文学关系的研究。个人的两本著作也拜这股风潮所赐，而有了这样的成绩。个人于感激之余当更加奋起，在结合文学与语言学的研究工作上更加努力，以报答读者的厚爱。

最后要特别感谢北京大学出版社谨慎的校对与编排，使得过去未能发现的小错误得到修正；期望藉由这次简体字版出版的机会，这本小书能够引起更多读者的共鸣。

曹逢甫

2016年春

初版序

美国大诗人佛洛斯特(Robert Frost)曾经在一篇名为"Two Tramps in Mud Time"(《雪融后泥泞满地时的两个流浪汉》)的诗中写下了下面三行:

> My object in living is to unite
> My avocation and my vocation
> As my two eyes make one in sight.
> 我生活的目标就是要联结
> 我的正规工作与我的嗜好
> 就像双眼合作共创一个视野。

这三行诗所言正是我生活的座右铭。我的正规工作是语言研究与教学,但写诗与研究诗一向都是我有余暇时的最爱。而呈现在各位面前的三篇论文正是十几年来结合正规工作与嗜好的成果。三篇中的前两篇都是我在香港与美国教书的几年间(1982—1988)利用寒暑假写出的作品,也都分别发表在《中外文学》上。第三篇则是"国科会"研究计划成果的一部分。在此特别要感谢《中外文学》不计篇幅的全文刊登以及"国科会"的资助。

个人研究诗的时间虽然只有短短的十几年,但对诗的兴趣却起源很早。还记得童年时期,因为家父不幸在我六岁时即过世,我和哥哥、弟弟随着母亲都跟外祖父母同住在彰化县二水的乡下。那是二次战后经济萧条,百业待举的年代,全家大小只靠家母在凤梨工厂做工,一份微薄的收入是不够的,因此外祖父也经常在家设学堂，或外出到别的村庄开堂授课，以补家用。我当时的年纪还小，所以我的工作是帮助外公磨墨及朱砂，也因为还没入孔氏门墙，所以未能从外公的教学中获得实际的好处，可是外公吟诗时的特殊腔调和摇头晃脑的样子却深印在我脑海中，也成为我日后爱诗、写诗与论诗的最基本原动力。

　　语言研究原本是传统诗学研究中很重要的一环，两者的关系是密不可分的，但这个传统到了近代却因为学门的专业化而日趋分离，这对两者的发展都不是很好的事，理由很简单：诗是语言艺术最精妙的使用。因此，就语言研究而言，要深入了解语言应用的原理原则非研究诗不可；就诗学研究而言，则对诗的理解与欣赏更非依赖语言的深入研究不可。个人不敢说呈现在这里的三篇论文对语言学与诗学的研究做出多大的贡献，只深切期望这三篇文章能起一点带头作用，为重建诗学与语言学关系尽绵薄之力。

　　与上述议题有关的另一个是最近很流行的观点，认为诗是综合的艺术而语言学是分析性的科学，两者是不太相关的，而持此论者最常举的譬喻是：评诗就像拆解一座美轮美奂的七层宝塔，拆解容易，要重新拼装成原来的"美景"恐怕不是一件容易的事。个人对此一论点的看法是：一位真正的评论家要认定自己是一位建筑师而不只是一位土木工人。拆解的工作一位土木工人就可以胜任了，但拆解之后要重新建构出"原味"却非得建筑师不可。当然，上述对评诗的评论也是有感而发的。自结构主义的评诗方式盛行之后，有太多诗评诗论的确太像土木工人之作，个人对此也深有同感，也常深自警惕，因此在每一篇论文中，除了实际的分析外，都另有一节来从事较全面的赏析工作，目的就是尝试着建构"原味"。这就像一位画家画完局部的图像之后，总要退后一点距离以便从一幅画整体美的观点来检视完成的细部工作。

至于个人的尝试是否成功,则只有留待读者的评断了。

　　出版了几本书之后,越来越能感受到,出版一本书,即使是一本小册子,是一件多么困难的工作,也是一件需要劳烦很多人的工作。本书也不例外。我要在此感谢两位评审认真的审查并提出很多建设性的建议。我也要感谢《语言暨语言学》期刊的总编辑何大安教授及助理编辑郭君瑜小姐,谢谢他们在编辑上的多方协助。我更要谢谢我两位能干的助理,吴晓红与叶瑞娟同学,感谢他们辛苦的整理、缮打、校对及编订索引。最后我要把整本书的出版献给长眠地下四十余年的外祖父谢金炳先生。没有您老人家在我成长年代言教与身教的影响,这一株诗的幼苗是很难成荫的。

曹逢甫
2003 年冬

壹：四行的世界——
从言谈分析的观点看绝句的结构

一、导　言

中国历代诗话的批评往往寥寥数语，重直觉感悟，少有深入的分析，为现代批评家所诟病，更有名之为"印象式"批评者。① 在谈绝句的结构方面也不例外。

元代范梈②首先用"起、承、转、合"四个字为近体诗分段称谓。就绝句而言则第一句为起，次句为承，第三句为转，末句为合。其后论绝句作法者多以此为基本原则。近人施瑛的《旧诗作法讲话》(1972：68、69)、庄严新刊的《古典诗歌入门与习作指导》(1981：70—76)、邱燮友注译的《新译唐诗三百首》(1973：320)以及黄盛雄的《唐人绝句研究》(1979：78—82)，都或多或少提及此原则。有的还举了若干例子，但也都是点到为止。对于绝句的欣赏者而言，这个原则还是莫测高深。其中数家也曾引元杨载《诗法家数》之言以为进一步的诠释："绝句之法要婉转回环，删芜就简，句绝而意不绝。多以第三句为主，而以第四句发之。大抵起承二句故难，然不过平直叙起为佳，从容承之为是。至于婉转变化之功夫，全在第三句，若于此转变得好，则第四句

---

① 有关中国传统印象式批评的讨论，请参见黄维梁(1977)。
② 范梈语见仇兆鳌《杜少陵集详注》所引。

如顺水推舟矣。"杨载的说法虽然较范梈为进步，但还是不够具体。读者看了以后难免要问："什么是'平直叙起'？什么是'从容承之'？如何才能在第三句做到'婉转变化'的功夫而使第四句能'顺水推舟'顺势而下？"

本文拟以前人"直觉感悟"的心传为基础，深一层地探究绝句的结构，进而了解中国诗文首要的结构原则"起承转合"的意义。

二、绝句的音韵、对仗以及造句法与"起承转合"的关系

在讨论"起承转合"这个大原则之前，我们首先要注意到这个原则所赖以成立的更基本原则——"绝句的每一行能不能独立成一个单位"来讨论。这个基本原则在中国诗，尤其是绝句的情形我想是可以成立的。前人在吟咏时都是以一行为一个语调单位，在研究句法时亦是以一行为一单位。在讨论结构时亦复如此。今人高友工与梅祖麟曾深入研究并发现分析唐诗可以一行或一联为一单位。[①] 就绝句而言，对偶并非必要，因此结构单位似乎以一行为最基本。在有对偶句存在的绝句，也可以把对偶句认为是较高层次的结构单位。

其次，如果我们认定"起承转合"为结构的总原则，那么我们至少可以推出下面二个分则。第一，既然绝句的第一、二句有"起承"的功能而第三句有"转"的功能，那么据此我们可以进一步推知第一、二句在语意方面的关系必较密切而前二句与第三句的语意关系必较疏。第四句紧跟着第三句与后者的语意关系

---

① Kao Yu-kung and Mei Tsu-lin, "Metaphor and Allusion in Tang Poetry" in *Harvard Journal of Asiatic Studies*. 中译本见黄宣范译《唐诗的语意研究》，《翻译与语意之间》，页133至216。台北：联经，1976。

自必密切，但第四句为"合"，有统合全诗的功用，所以除了与第三句有密切关系外，与第一、二句自应有某种语意的关联，至少一首结尾成功的诗应是如此。

第二，"转"句在诗中居于枢纽地位，其功能在于自"起承"转出并为"合"句铺路。第四句既然为结句，就新旧信息的观点而言，应该是信息焦点，用一般论诗的套语来说就是代表着全诗最新奇、最警策的部分。

以下我们从绝句的形式与内涵两方面来证明此二分则是正确的。

（一）从音韵方面看

绝句押韵方面五、七言略有不同。大抵上七言绝句以第一、二、四句句末押韵为正格，首句不入韵为变格，五言绝句则反是，以二、四句押韵为正格，以首句用韵者为变格，但是注意，无论正格或为变格，第三句是永远不入韵的。不仅此也，绝句可以押平声韵或仄声韵，但押仄韵的第三句末字必须用平声，而押平韵的则第三句末字必用仄声。这两点诗律上的要求和结构上的对应绝不是偶然的。这很明显地是诗律和诗意互相配合的一个明证。

（二）从对偶上看

前面我们引过梅、高二人对唐诗的研究认为诗中的一对也是一个分析的单位，因为一对中的二行虽然在形式上相对，却往往表达一个很相近的意义。也就是说在一对偶句里，相对的两句尽管形式相对，却是用来表达一个统一的思想的。[①] 又根据王

[①] 见第 2 页注①，并参考本书第叁章的讨论。

力的研究，①绝句以通篇不对仗者为最多，其次是第一、二句对仗者或者是通篇对仗者（即第一、二句对及第三、四句对），而以单是第三、四句对仗者为最少。如果我们把这两项研究的结论连在一起看，很容易就可以看出来绝句四句中第一、二句的语意关系最密切，其次是第三、四句。再注意，绝句中可以对仗者只限于前两句与后两句之间，不可能有第二与第三句对仗或第一与第四句对仗者。从这种对仗的模式所推出来的各句间的语意关系与前面由各句的功能所推出来的是完全符合的。

（三）从造句法上看

第三句的功用如果真的是转，那么我们应该在第三句找到相当多的转折语。当然汉语语法的特点之一就是少用连接词语（包含转折词）。这也就是王力所谓的中文多用"意合法"而少用"形合法"。② 这一点在诗中很明显地可以看出来，尤其是五言绝句。理由也很明显，第一，汉语语法容许转折词的省略，第二，绝句因为格局小，所以重简不重繁，重精神而不重堆砌。不过绝句，尤其是七绝，也有不少使用转折词的。而且如果我们把转折词的定义稍微放宽到包含表示转折语气的动词如"可怜""多情""惆怅"等，那么例子就更多了。更重要的，转折词语的使用绝大多数出于第三句。转折词语的使用下文另有详细的交代，在这里我们在三方面各举若干例子以为佐证。用心的读者当不难发现更多的例子。

1. 用表假设的连词

（1）《山中留客》 张旭

　　山光物态弄春晖，莫为轻阴便拟归。

---

① 王力（1968:40）。
② 见王力（1971），又关于这一点的进一步讨论参见 Tsao（曹逢甫）（1983）。

纵使晴明无雨色，入云深处亦沾衣。

(2)《江村即事》 司空曙

钓罢归来不系船，江村月落正堪眠。
纵然一夜风吹去，只在芦花浅水边。

(3)《汴河怀古》 皮日休

尽道隋亡为此河，至今千里赖通波。
若无水殿龙舟事，共禹论功不较多。

(4)《芙蓉楼送辛渐》 王昌龄

寒雨连江夜入吴，平明送客楚山孤。
洛阳亲友如相问，一片冰心在玉壶。

(5)《城东早春》 黄巨源

诗家清景在新春，绿柳才黄半未匀。
若待上林花似锦，出门俱是看花人。

(6)《出塞》 王昌龄

秦时明月汉时关，万里长征人未还。
但使龙城飞将在，不教胡马度阴山。

2. 用表时间转折的连词

(7)《长沙驿前南楼感旧》 柳宗元

海鹤一为别，存亡三十秋。
今来数行泪，独上驿南楼。

(8)《哥舒歌》 民歌

北斗七星高，哥舒夜带刀。
至今窥牧马，不敢过临洮。

(9)《农父》 张碧

　　运锄耕劚侵早起,陇亩丰盈满家喜。
　　到头禾黍属他人,不知何处抛妻子。

(10)《夜雨寄北》 李商隐

　　君问归期未有期,巴山夜语涨秋池。
　　何当共剪西窗烛,却话巴山夜语时。

3. 用表转折语气的动词

(11)《陇西行》 陈陶

　　誓扫匈奴不顾身,五千貂锦丧胡尘。
　　可怜无定河边骨,犹是春闺梦里人。

(12)《贾生》 李商隐

　　宣室求贤访逐臣,贾生才调更无伦。
　　可怜夜半虚前席,不问苍生问鬼神。

(13)《金陵图》 韦庄

　　江雨霏霏江草齐,六朝如梦鸟空啼。
　　无情最是台城柳,依旧烟笼十里堤。

(14)《寄人》 张泌

　　别梦依依到谢家,小廊回合曲阑斜。
　　多情只有春庭月,犹为离人照落花。

(15)《瓜洲道中送李端公南渡后归扬州道中寄》 刘长卿

　　片帆何处去,匹马独归迟。
　　惆怅江南北,青山欲暮时。

(16)《和人东栏梨花》 苏轼

　　梨花淡白柳深青,柳絮飞时花满城。

惆怅东栏一株雪,人生看得几分明。

(17)《采莲子》 皇甫松
船动湖光滟滟秋,贪看年少信船流。
无端隔水抛莲子,遥被人知半日羞。

(18)《为有》 李商隐
为有云屏无限娇,凤城寒尽怕春宵。
无端嫁得金龟婿,辜负香衾事早朝。

(四)从现代人的标点上看

古人写诗是不用句读的,但现代人解析绝句时,往往会使用逗号、分号或句号于每一行之末。根据作者的观察,最为普遍的方法是在第一、三行之后加逗号,而于第二、四句末尾加句号。偶尔也有人在第二句末尾用分号。至于在第二句末尾用逗号的则少之又少。由此可见,根据大部分现代人的了解,绝句似乎可以分成前半首和后半首,而以第三句"转句"为分野。这一种了解与我们所说的分则也若合符节。

(五)从后人的鉴赏上看

前四点主要是与我们前面所说的第一分则有关。至于第二分则,我们可以从后人鉴赏的记录上得到很明确的指示。前面我们所引的杨载《诗法家数》之言正可以拿来说明第二分则,杨载之言虽嫌笼统,但基本上却是可信的,邱燮友在《新译唐诗三百首》五绝部分的引言中说:"唐人绝句中,传为千古绝唱的多在三、四两句。例如,孟浩然的《春晓》:'夜来风雨声,花落知多少?'李商隐的《登乐游原》:'夕阳无限好,只是近黄昏。'韦应物的《滁州西涧》:'春潮带雨晚来急,野渡无人舟自横。'王维的《渭城曲》:'劝君更尽一杯酒,西出阳关无故人。'凡此种种,不胜枚举。"①

关于这一点,我们也可以从前人对绝句的鉴赏得到证明。古人鉴赏一首诗,往往在特别欣赏处加点或密圈。因为个人欣赏的能力、角度不同,自然加密圈的地方也不会完全一样。但就绝句的鉴赏而言却有一个很明显的共同趋势——各家加密圈最多的地方集中于第三和第四句。以下我们以钟伯敬先生绘画注释的《千家诗》(1979)为例,就加密圈的部分所做的统计:

1. 全首加圈者——3
2. 后两句加圈者——53
   (1) 后两句皆加圈者——46
   (2) 只第三句加圈者——1
   (3) 只第四句加圈者——6
3. 前两句加圈者——7
   (1) 前两句皆加圈者——2
   (2) 只第一句加圈者——1
   (3) 只第二句加圈者——4

由这个粗略的统计我们可以明显地看出以下的两个趋势:(一)第三、四句加圈者远比第一、二句加圈者为多,由此可知第三、四句在绝句中的重要。(二)第三句单独加圈者为数甚少,由此可知虽然第三句居全诗枢纽的重要地位,它的重要性在于"承先启后"的功能而不在于它本身。这一点也可以用来证明杨载的看法基本上是不错的。

---

① 邱燮友(1973:320)。

三、不符合"起承转合"结构原则的绝句

符合这个结构原则的绝句可以说俯拾即是,但要找不符合这个原则的作品恐怕就很困难了。理由很简单,如果我们所说的原则是对的,那么不符合这个原则的绝句就不太可能是好作品;不是好作品那么流传下来的可能性就很小,也因此特别难找。好在前人的诗话里偶尔也举了些结构上较差的绝句为反例。这些绝句也因此得以保留。另外在大诗人的作品中,偶尔也有结构较差的绝句,但也许在其他方面有独特之处,也许光是因为出自名家,所以也有保留下来的。

先从第二类说起。盛唐诗人中的两大巨星——李白和杜甫——刚好都有些绝句在结构上是不足称道的。先看李白的一首。

(19)《越中览古》 李白
  越王勾践破吴归,义士还家尽锦衣。
  宫女如花满春殿,只今唯有鹧鸪飞。

黄盛雄在《唐人绝句研究》一书中曾引李渔叔的批评:"全诗从破吴还家至宫女满殿,极到繁华之境,照理应当从此打住。如一人说话然,说完一段,需略加收煞。而此句以下,忽然骤接'鹧鸪飞'句,未免太快。盖春殿儿飞鹧鸪,乃表示越既胜吴,转瞬成空,旧时宫殿,至今已夷为废墟矣。如此接法,遂觉毫无回转余地。上三句遂成一节,宫女如何既无着落,结语几乎全为单句。如此即不成章法。"[①] 如果改用我们的说法,那么李先生的意思是说这

---

① 黄盛雄(1979:79)。

一首绝句第一句为"起",第二、三句皆为"承",而第四句为"转"兼"合"。"承"的部分太多而"转"的部分太匆促。也因此全诗主题不明显。"合"的部分因此软弱无力,不能给人任何震撼的力量。

关于这一点我们只要拿《越中览古》与李白另一首主题相近,但结构却好得多的绝句《苏台览古》作一比较就可以清楚地看出来了。

(20)《苏台览古》 李白
旧苑荒台杨柳新,菱歌清唱不胜春。
只今唯有西江月,曾照吴王宫里人。

(20)与(19)都有我们前面提过的转折词——"只今唯有",但不同的是(19)的转折词出现在第四句,而(20)的则出现在第三句。因此之故,(20)的怀古主题就比(19)来得明显突出。

还有一点必须讲明的。古人有所谓"三一格"。如果只看字面,似乎(19)是最适合的例子。究其实,"三一格"是不能这样解释的。邱燮友《新译唐诗三百首》卷六的导论里曾举以下的诗为例说明"三一格":

(21)《江南逢李龟年》 杜甫
岐王宅里寻常见,崔九堂前几度闻。
正是江南好风景,落花时节又逢君。

他并且说:"除了用起、承、转、合以及前联对仗,后联散句外,更使用对比的方法,前三句写他的盛,后一句写他的衰,把'好风景'变成了'落花时节',以景喻情,又将彼此的荒凉流落,寓意其中,像这样的结构古人称为'三一格'。"[①]这句话乍看起来似乎有些矛盾。为什么一首绝句又符合"起承转合"的原则而又同时使

---

① 邱燮友(1973:351—352)。

用所谓的"三一格"。其实我们可以这样看。这首诗的后二句无疑地是写两人在江南流落时重逢的心情,所以第三句在空间方面一转,由长安转到江南;在时间方面也是一转,由当年转到现在。但在另一层次看,第三句也可以说是承接前二句而来——美景依旧。但是时空不同,人的情况更是不同——当年是人盛景美而今是美景依旧而人已失意衰老如"落花"。所以说得更清楚些,这一首诗是符合"起承转合"的原则的,而同时杜工部巧妙地引入两个层次的对比——前二句与后二句对比;而在另一层次上,第三句响应前二句而与第四句产生对比。也因为有了这两个层次的对比使得小小的四行诗能够达到"意无穷"的境界。

总结一句,如果(21)代表所谓的"三一格",那么它可以说是在"起承转合"的大原则下变化格局的绝句章法。但是它是不能,也不应该,和"起承转合"的大原则相提并论的。

一般诗评家的看法是杜甫在律诗方面的成就远超过他在绝句中的表现。(21)可以说是杜甫七绝的最佳作品之一,另有一些七绝在结构上就常为人诟病。

(22)《绝句》(四首之三)　杜甫
　　　　两个黄鹂鸣翠柳,一行白鹭上青天。
　　　　窗含西岭千秋雪,门泊东吴万里船。

(22)就每一句来看,都甚见炼句的功力。第三句的"含"和第四句的"泊"都可以说炼字炼到"炉火纯青"了。甚至于前后两联也是对仗工整,出神入化,但是就整首诗来看,结构可以说是很松散的,四句散列。虽然近人马汉彦认为四句皆写景,但层次分明:"……前二句写近景,后二句写远景,近景又分低处、高处之景;远景有后面、前面之景。"①我想这个说明还是有点牵强。远近、高低、前后,都是批评者想当然耳。从诗里头是不容易看出来的,"上青天"的"白鹭"就很可能比"泊万里船"的"门"还要远。也因此之故,全诗的"起承转合"不明显,主题也跟着不明显。马汉彦又认为:"……四景又有一个中心,这个中心就是诗人的喜悦之情。"②这个结论我想也是根据作者杜甫写作时的情况而推测得来的,从诗本身,我们充其量也只能说诗人写诗时并不消极悲观。杜甫还有几首五绝和七绝也都有相同的问题。我想杜工部或许有意拿绝句做实验,另辟新法。至于他的实验是否成功,那是见仁见智的问题。但有一点是肯定的,他的尝试并没有对后来的绝句章法产生太大的影响。

至于非属大诗人的失败作品,近人黄永武更举吴筠的诗如下③:

> 山际见来烟,竹中窥落日,
> 鸟向檐上飞,云从窗里出。

这首诗跟(22)一样也是四句散列。空具两两相对的外表,没有起承转合的结构,行与行间也看不出有任何语意关联或前后呼应的关系。如果一、二句和三、四句互换也不会增减其意义。

其他再如王夫之在《姜斋诗话》所讥讽的咏刘邦诗也犯了同一毛病:

> 百战方夷项,三章且易秦,
> 功归萧相国,气尽戚夫人。

---

① 马汉彦(1981:46)。
② 马汉彦(1981:47)。
③ 黄永武(1977b:140—141)。

这四句诗也是两两相对,每一句举出有关于刘邦的一件史实。虽然这四件史实可以说是依照历史先后而排列,但除此之外就别无更高层次的结构原则,行与行间也没有互相呼应的组织,看不出有什么主题。所以王夫之批评说:"恰似一汉高帝谜子,掷开成四,全不相关通,如此作诗,所谓佛出世也救不得也。"

谈过了违反"起承转合"大原则的绝句,似乎我们也应该从正面举出符合这个原则的优美绝句才对。因为要欣赏这些绝句的结构先要了解"承转之法"。所以这类绝句的讨论要延至第五节才能进行。

四、"承""转"的方法

如何开始一首绝句,方法当然很多,也是一个很值得研究的课题。至于如何写"合"句,虽然我们知道个大原则——把最新信息,最警策,最能代表主题的一句放在合句——详细的情形,目前知道得还不多,留待下回再行研究。就绝句的结构而言,"承""转",尤其是后者,实居于枢纽地位,也因此本文在下面的讨论里就先假定有了"起"句和"合"句;而要详细谈谈的是第二句如何承接,第三句如何转折而引导入合句。不过,谈到承转的方法之前必须说明:本文的分类方法不是唯一的方法,本文也无法道尽所有可能的类别。此处的分类是根据两个原则进行的:第一,这样的分类必须有逻辑和语意的根据;第二,这样的分类可以增进我们对绝句深一层的了解与欣赏。

(一)承的方法

承的方法很多,以下是我们认为最重要的七种。为了节省篇幅,每个例子只引用前二句。

1. 并行的描述

这是"承"的方法中最常见的。例子很多,这里只先举以下几例。

(23)《宫怨》 李益
　　露湿晴花春殿香,月明歌吹在昭阳。

(24)《闺怨》 周在
　　江南二月试罗衣,春尽燕山雪尚飞。

(25)《春闺思》 张仲素
　　袅袅城边柳,青青陌上桑。

(26)《江雪》 柳宗元
　　千山鸟飞绝,万径人踪灭。

(27)《乌衣巷》 刘禹锡
　　朱雀桥边野草花,乌衣巷口夕阳斜。

(28)《出塞》 王之涣
　　黄河远上白云间,一片孤城万仞山。

(29)《登鹳雀楼》 王之涣
　　白日依山尽,黄河入海流。

(30)《月》 李商隐
　　过水穿楼触处明,藏人带树远含清。

(31)《嫦娥》 李商隐
　　云母屏风烛影深,长河渐落晓星沉。

(32)《饮湖上初晴后雨》(之二) 苏轼
　　水光潋滟晴方好,山色空蒙雨亦奇。

壹：四行的世界——从言谈分析的观点看绝句的结构　15

(33)《曲池荷》　卢照邻
　　浮香绕曲岸，圆影覆华池。

(34)《送灵澈上人》　刘长卿
　　苍苍竹林寺，杳杳钟声晚。

(35)《石头城》　刘禹锡
　　山围故国周遭在，潮打空城寂寞回。

(36)《宫词》　张祜
　　故国三千里，深宫二十年。

(37)《冬景》　苏轼
　　荷尽已无擎雨盖，菊残犹有傲霜枝。

(38)《八阵图》　杜甫
　　功盖三分国，名成八阵图。

(39)《江南逢李龟年》　杜甫
　　岐王宅里寻常见，崔九堂前几度闻。

(40)《鸟鸣涧》　王维
　　人闲桂花落，夜静春山空。

(41)《忆故州》　张籍
　　垒石为山伴野夫，自收灵药读仙书。

(42)《金缕衣》　杜秋娘
　　劝君莫惜金缕衣，劝君惜取少年时。

当然，这里所谓的"并行的描述"是从大处着眼。如果再细分的话，还有较细的结构原则。从(23)到(35)都是两句并排写景，但是其中巧妙又各有不同。(23)是首宫怨诗，所以首句写宫女所在，承句写临幸之处所，而前者的冷落又与后者的热闹成一强烈对比。(24)是闺怨诗,所以首句写妾之所在的江南,承句写良人所在的燕山。同样地,前者的温暖与后者的寒冷也恰成对比。(26)前句写"千山",是大笔的描写,承句写较细的"万径"。首句写"鸟",次句写"人踪",在并行描述之余也含有渐及于人的意味。在(27)里刘禹锡很巧妙地用"朱雀桥边"引进"乌衣巷口"。在(28)里,前句是远景,承句是近景,正如(30)里前句是从天上看月光,承句是从地上看月亮。在(31)里李商隐由屋内写到屋外。(32)里前句写"晴",承句写"雨"。(33)前两句同写荷花,但起句写它的"香",承句写它的"影"。(34)和(35)有异曲同工之妙,两前句都写景象,承句却写声音。

从(36)到(42)的前两句各写两物或两事。(36)先写离国之遥,承之以去国进宫之久。(37)先写"败荷"再写"残菊"以代表冬天的景象。同样地,在(38)里杜甫先写诸葛亮的"功",再写其"名"。在(39)里杜甫用"岐王宅"和"崔九堂"来代表长安的王侯之家,所以一起一承两个并举。在(40)里,"人闲"所以听得见"桂花落","夜静"始能觉出"春山空",并举的两种情况很相似,结构也相似。(41)的两句可以说是写两件事,也可以说四件事,但是不论两件或四件,它们都是并行的。在此张籍借一起一承道尽当年在"故州"所为,而今已不复得为之事。(42)比较特别,是以一正一反并列,先反面的"劝",再正面的"劝",益见劝者之诚挚。

另有一小类与前面的一类相似,但不完全相同,所以附在这里说明。这一小类的第一句写存在,第二句承上写与这些事物相关的状态或动作。

(43)《凉州词》　王翰
　　葡萄美酒夜光杯,欲饮琵琶马上催。

(44)《出塞》 王昌龄

　　秦时明月汉时关,万里长征人未还。

(45)《相思》 王维

　　红豆生南国,春来发几枝。

2. 连续的两个状态或动作

这一类的特征在于按时间顺序分由第一、二句描述两个前后相连的动作或状态。① 这一类的例子也有不少。

(46)《竹里馆》 王维

　　独坐幽篁里,弹琴复长啸。

(47)《春晓》 孟浩然

　　春眠不觉晓,处处闻啼鸟。

(48)《春夜洛城闻笛》 李白

　　谁家玉笛暗飞声,散入春风满洛城。

(49)《留赠畏之》 李商隐

　　待得郎来月已低,寒暄不道醉如泥。

(50)《玉阶怨》 李白

　　玉阶生白露,夜久侵罗袜。

(51)《长信怨》 王昌龄

　　奉帚平明金殿开,暂将团扇共徘徊。

(52)《春雪》 韩愈

　　新年都未有芳华,二月初惊见草芽。

---

① 第二大类与(43)至(45)的那一小类也有相似的地方,不过第二大类着重时间先后的第二个动作或状态,而(43)至(45)的小类中时间的先后不是诗人着重之点。

(53)《瓜洲道中送李端公南渡后归扬州道中寄》 刘长卿
片帆何处去,匹马独归迟。

(54)《送别》 王维
山中相送罢,日暮掩柴扉。

(55)《雨晴》 王驾
雨前初见花间蕊,雨后全无叶底花。

(56)《寄人》 张泌
别梦依依到谢家,小廊回合曲阑斜。

这一类的起承句可以说是依照自然的顺序,因此前后的顺序通常不特别标明,但在有特别需要时也可以把时间点明,如(52)的"新年"和"二月初"、(54)的"罢"、(55)的"雨前"和"雨后"。(55)把"雨前"和"雨后"分别放在第一、二句的句首,使两种状态产生强烈的对比,在气氛的塑造方面很成功。

3. 因果关系

这一类绝句的前两句间有因果关系存在。因果关系当然是很密切的,所以起承二句就可以利用这一层关系联系在一起了。

(57)《闻蝉感怀》 贾岛
新蝉忽发最高枝,不觉立听无限时。

(58)《登乐游原》 李商隐
向晚意不适,驱车登古原。

(59)《清明》 杜牧
清明时节雨纷纷,路上行人欲断魂。

(60)《陇西行》 陈陶
誓扫匈奴不顾身,五千貂锦丧胡尘。

(61)《江南曲》 李益
　　嫁得瞿塘贾,朝朝误妾期。

(62)《回乡偶书》 贺知章
　　少小离家老大回,乡音无改鬓毛衰。

(63)《题背面美人图》 陈楚南
　　美人背倚玉阑干,惆怅花容一难见。

(64)《陪崔大尚书及诸阁老宴杏园》 张籍
　　更将何面上春台,百事无成老又催。

这一类起承句说明因果关系,通常是"因"在前"果"在后,而且通常不用"因果连词",但偶尔也有"果"前"因"后的如(64)。两句的因果关系当然也有疏密的不同。

另有一小类与因果有关,但其因果关系是根据推理而来的而不完全是事实。以下的起承句属于这一小类:

(65)《杂诗》 王维
　　君自故乡来,应知故乡事。

(66)《游园不值》 叶绍翁
　　应怜屐齿印苍苔,小扣柴扉久不开。

(67)《题乌江亭》 杜牧
　　胜败兵家事不期,包羞忍耻是男儿。

4. 偏正关系

这里所谓的"偏正"关系是指第一句和第二句中有一句较主要,另一句可视为其附属,其作用在于说明主句动作的时间地点或进一步说明其状态。此时常以比喻出之。

(68)《南园》(十三首之一) 李贺
　　花枝草蔓眼中开,小白长红越女腮。

(69)《赠别》(其一) 杜牧
　　娉娉袅袅十三馀,豆蔻梢头二月初。

(70)《于易水送别》 骆宾王
　　此地别燕丹,壮士发冲冠。

(71)《赠渔父》 杜牧
　　芦花深泽静垂纶,月夕烟朝几十春。

(72)《渡汉江》 宋之问
　　岭外音书绝,经冬复立春。

(73)《春怨》 刘方平
　　纱窗日落渐黄昏,金屋无人见泪痕。

(74)《江楼感旧》 赵嘏
　　独上江楼思渺然,月光如水水如天。

(75)《遣怀》 杜牧
　　落魄江湖载酒行,楚腰纤细掌中轻。

(76)《泊秦淮》 杜牧
　　烟笼寒水月笼沙,夜泊秦淮近酒家。

至于应以第一或第二句为主原无定则,不过多数的起承皆以第一句为主,当然,像(73)和(76)一样以附句起而以主句承之的情形还是有的。

5. 概述—特写关系

这一类绝句的第一句先来个概括性的描述,然后在这个背景中用第二句把最突出的部分用特写的方式显现出来。

(77)《行宫》 元稹
　　寥落古行宫,宫花寂寞红。

(78)《咏柳》 贺知章
　　碧玉妆成一树高,万条垂下绿丝绦。

(79)《题都城南庄》 崔护
　　去年今日此门中,人面桃花相映红。

(80)《赠别》(其二) 杜牧
　　多情却似总无情,惟觉樽前笑不成。

6. 景—情关系

这一类绝句的前两句,一写景,一写情。这里所谓的"景"是广义的,包含述事在内。至于次序方面则以先景后情较多,先情后景的较少。

(81)《题苜蓿烽寄家人》 岑参
　　苜蓿烽边逢立春,胡芦河上泪沾巾。

(82)《逢入京使》 岑参
　　故园东望路漫漫,双袖龙钟泪不干。

(83)《柳》 李商隐
　　曾逐东风拂舞筵,乐游春苑断肠天。

(84)《忆梅》 李商隐
　　定定住天涯,依依向物华。

(85)《西施石》 楼颖
　　西施昔日浣沙津,石上青苔思杀人。

7. 事实—推论关系

这一类绝句通常以事实的描述开始,而以根据那个事实所做的推论为承接。下面二首就是好例子。

(86)《送李侍郎赴常州》 贾至
　　雪晴云散北风寒,楚水吴山道路难。

(87)《塞下曲》 卢纶
　　月黑雁飞高,单于夜遁逃。

8. 问答关系

这一类很明显的是前两句以一问一答的方式组织起来。这一类绝句不多,以下面两首最有名:

(88)《寻隐者不遇》 贾岛
　　松下问童子,言师采药去。

(89)《山中问答》 李白
　　问余何事栖碧山,笑而不答心自闲。

(二) 转的方法

转的方法也很多,下面我们举出十大类最常见的。在第六节里我们再来谈转在结构上的功能。

1. 时间转变

有很多绝句在第三句表达了时间上的转变。有些使用了表时间的转折语,有些则无。不过在语意上,这一层关系是很容易看出来的。

(90)《题都城南庄》 崔护
　　去年今日此门中,人面桃花相映红。
　　人面不知何处去,桃花依旧笑春风。

(91)《长沙驿前南楼感旧》 柳宗元
　　海鹤一为别,存亡三十秋。
　　今来数行泪,独上驿南楼。

(92)《遣怀》 杜牧
　　落魄江湖载酒行,楚腰纤细掌中轻。
　　十年一觉扬州梦,赢得青楼薄幸名。

(93)《春晓》 孟浩然
　　春眠不觉晓,处处闻啼鸟。
　　夜来风雨声,花落知多少?

(94)《江楼感旧》 赵嘏
　　独上江楼思渺然,月光如水水如天。
　　同来望月人何在,风景依稀似去年。

(95)《石头城》 刘禹锡
　　山围故国周遭在,潮打空城寂寞回。
　　淮水东边旧时月,夜深还过女墙来。

(96)《西施石》 楼颖
　　西施昔日浣沙津,石上青苔思杀人。
　　一去姑苏不复反,岸旁桃李为谁春。

(97)《乌衣巷》 刘禹锡
　　朱雀桥边野草花,乌衣巷口夕阳斜。
　　旧时王谢堂前燕,飞入寻常百姓家。

(98)《送别》 王维
　　山中相送罢,日暮掩柴扉。
　　春草明年绿,王孙归不归?

(99)《城东早春》 黄巨源
　　诗家清景在新春,绿柳才黄半未匀。
　　若待上林花似锦,出门俱是看花人。

(100)《夜雨寄北》 李商隐
　　君问归期未有期,巴山夜雨涨秋池。
　　何当共剪西窗烛,却话巴山夜雨时。

(101)《农父》 张碧
　　运锄耕劚侵早起,陇亩丰盈满家喜。
　　到头禾黍属他人,不知何处抛妻子。

(102)《留赠畏之》 李商隐
　　待得郎来月已低,寒暄不道醉如泥。
　　五更又欲向何处,骑马出门乌夜啼。

如果再细分,那么时间的转变又可分为:1.从过去变到现在,如(90)至(92)。2.由现在回想当时的情景,如(93)。(94)至(97)绝句的转句比较特别,虽然这里我们把它们归入第二类,但严格地说时间上并没有完全回到过去,而是过去与现在同时存在于第三句。这样一来,过去与现在更能产生强烈的对比,而把"物是人非"的主题,很清楚地烘托出来了。绝句中的高手刘禹锡是最善于运用这一个技巧的。3.最后这一小类是由现在推想未来。这类的绝句不少,(98)至(102)都是很好的例子。

2. 空间转变

这里所称的空间包含了所描述事件发生地点的转变以及描述角度的转换两类。以下各举数例:

(103)《九月九日忆山东兄弟》 王维
　　独在异乡为异客,每逢佳节倍思亲。

遥知兄弟登高处,遍插茱萸少一人。

(104)《山行》 杜牧
　　远上寒山石径斜,白云生处有人家。
　　停车坐爱枫林晚,霜叶红于二月花。

(105)《凉州词》 王翰
　　葡萄美酒夜光杯,欲饮琵琶马上催。
　　醉卧沙场君莫笑,古来征战几人回?

(106)《芙蓉楼送辛渐》 王昌龄
　　寒雨连江夜入吴,平明送客楚山孤。
　　洛阳亲友如相问,一片冰心在玉壶。

(107)《送灵澈上人》 刘长卿
　　苍苍竹林寺,杳杳钟声晚。
　　荷笠带斜阳,青山独归远。

(108)《江雪》 柳宗元
　　千山鸟飞绝,万径人踪灭。
　　孤舟蓑笠翁,独钓寒江雪。

(109)《静夜思》 李白
　　床前明月光,疑是地上霜。
　　举头望明月,低头思故乡。

(110)《玉阶怨》 李白
　　玉阶生白露,夜久侵罗袜。
　　却下水晶帘,玲珑望秋月。

(103)至(106)在转句都是所描述地点的转变。(105)和(106)还含有对未来的"投射",所以严格地说也含有时间的转变,虽然还是以地点为主。(107)至(110)则是描述角度的转换。(107)和(108)手法相当接近。前两句都描写远景,到第三句把镜头转到近景而趋近于主人翁身上。然后再第四句来个"特写"——把主人翁最突出的特色显露出来。(109)则和前两首相反。前两句写近景,到了第三句把镜头推向远方的"明月",然后到了合句,"人"是回到了地上,可是"相思"却飘向比"明月"更远、更渺茫的家乡。(110)前两句写在屋外玉阶的白露中期待情人。第三句转入屋内,放下水晶帘而"玲珑望秋月"。这一首充满"矛盾"——屋外虽"冷"却有热烈的期望,屋内虽"暖",却只能隔着冰冷的水晶帘望着遥远的秋月。

3. 时空俱变

严格地说起来时空的关系是非常密切的。时间的改变往往也牵涉到空间的变迁。不过诗人为了强调其中之一而把另一个或视为不变或不表明。这在讨论(105)和(106)时我们已提过了,但也有不少绝句在处理时空的变迁方面是两者并重的。而这种转变也大多由第三句表示出来。

(111)《渡汉江》 宋之问
　　　　岭外音书绝,经冬复立春。
　　　　近乡情更怯,不敢问来人。

(112)《江南逢李龟年》 杜甫
　　　　岐王宅里寻常见,崔九堂前几度闻。
　　　　正是江南好风景,落花时节又逢君。

(113)《忆故州》 张籍
　　　　垒石为山伴野夫,自收灵药读仙书。
　　　　如今身是他州客,每见青山忆旧居。

(114)《听江笛送陆侍御》 韦应物

　　远听江上笛,临觞一送君。
　　还愁独宿夜,更向郡斋闻。

(111)首起句直写居处"岭外"与家人音书隔绝。承句修饰起句道出时间的久长。第三句在时间方面由过去转到现在,在空间方面由"岭外"转到"汉江",在时空方面扣回题目"渡汉江"。更重要的是经由时空的转变引出了"情更怯""不敢问来人"的心情。这两句可以说是"矛盾语"的绝佳例子。照常理来说,一个人离开了家乡那么远那么久,近乡时应该急着想知道乡情,也一定迫不及待地"问来人"才对。但这两句之所以警策就是它们在常情之外另翻出深一层次的意义。一个音书隔绝的远方游子,因为得不到消息而忧虑加深,常常会想象些很坏的情况,由于这一层忧虑,所以作者才会"近乡情更怯""不敢问来人"。所以结句不但是应转句而来,更能回扣到起承二句,加深了读者对隔绝之长久的感受。就结构上来说这是一首很完整、很出色的五绝。

(112)首也有异曲同工之妙。首二句是并开的描述,前已提过。这两句道出了当年的"人事""景物"俱佳的情形。第三句在时空方面一转。但在这不同的时间(如今我们都垂垂老矣)、不同的环境(如今我们都沦落在江南)里,有一样却没有变——风景依然好。在这样的好风景里,再加上两人由盛而衰的共同经历,难怪杜甫要自比"落花"了。结句里的"又"字也使用得很出色。"又"字呼应了第一、二句的"寻常见""几度闻"而使盛衰的对照显得更突出。(113)也是前二句写从前在故州时的"好景",而在第三句时空上一转,从前转为"如今",在家的"好景"变成了"他州客"的孤寂。由这一转而引出结句的"每见青山忆旧居"。用"青山"回应第一、二句的"垒石为山""自收灵药",使这四句紧紧地结合在一起。(114)首则于前二句写"现在送别"而在第三句转入未来的"独宿""郡斋"。非但"独宿""郡斋"更且"闻"笛。用一"闻"字扣回第一句的"听笛",使前后的对比更趋明显。笛声凄恻依然,只是往后更不堪闻,因为你已离我远去。

4. 直述转虚拟假设

有些绝句在第一、二句用直述法描述而在第三句转入虚拟写法。

(115)《劳劳亭》 李白
　　　天下伤心处,劳劳送客亭。
　　　春风知别苦,不遣柳条青。

(116)《汴河怀古》 皮日休
　　　尽道隋亡为此河,至今千里赖通波。
　　　若无水殿龙舟事,共禹论功不较多。

(117)《江南曲》 李益
　　　嫁得瞿塘贾,朝朝误妾期。
　　　早知潮有信,嫁与弄潮儿。

(118)《出塞》 王昌龄
　　　秦时明月汉时关,万里长征人未还。
　　　但使龙城飞将在,不教胡马度阴山。

(119)《赤壁》 杜牧
　　　折戟沉沙铁未销,自将磨洗认前朝。
　　　东风不与周郎便,铜雀春深锁二乔。

(120)《闺怨》 周在
　　　江南二月试罗衣,春尽燕山雪尚飞。
　　　应是子规啼不到,故乡虽好不思归。

(115)至(119)的第三句都明显地表示虚拟的假设,虽然有些用了表假设的连词如"若""但使",有的没有。(115)前两句是并行的描述,更精确地说第二句为第一句的同位语。第三句用虚拟笔法写出,意思是说如果春风知道离别的痛苦,就不会要柳条变青了。这句话说得很酸楚,因为事实上是春风不知别苦,所以年年遣柳条青。换句话说,离别是不能免的。年年都得"伤心地""送客"远行。(116)的第三句用了一个与历史事实相反的假设,把惋惜之情很巧妙地勾勒出来了。(117)的前二句一因一果联系得很好,第三句也用了一个与事实相反的假设——如果我早知道"潮有信"还不如"嫁给弄潮儿"算了。可惜我早不知,所以落得朝朝守空闺。这里用虚拟法还有一个好处,就是达到了反讽的效果。人老认为自己是万物之灵、自身的主宰,但却有如瞿塘贾者,言而无信,相反地,"潮"为无生物,但却能"有信",真是莫大的讽刺。(118)的第三句也用了虚拟法。表面上是表明愿望,暗地里因为用了汉朝李广的典故而使汉盛唐衰的意思很清楚地显示出来。第三句的"龙城飞将"更扣上第一句的"汉时关"。但"关"虽同于汉时,却不见"龙城飞将"。第四句随第三句而发,是假设的结果字句,因为没有"龙城飞将",所以"不教胡马度阴山"是办不到的。因为有了这一层意思,所以它也响应到第二句的"万里长征人未还"。合句能承转句而来,又能响应前半首的文意,所以合得很有力。

(119)前二句有因果关系存在:因为"铁未销",所以能"磨洗认前朝"。但这二句都是实写的直述句,到了第三句才转成虚拟语法,而且这一转很巧妙地引出诗人对某历史事件的看法。(120)与前面有一点不同之处。它的第三句不是很明显地表达与事实相反的假设,而是表达诗人的推想,也借此表达了"良人不思归"的"怨情"。但诗人不怪任何人,只怪"子规啼不到",因为这一层转折,使整首诗显得很"温厚"。

5. 语行的转变

这里所谓的语行包含直述句、疑问句和祈使句。在绝句中语行的转变当然不限于第三句,但以在第三句转变者为最多。下面我们举几个有名的例子。

(121)《送元二使安西》 王维
　　　渭城朝雨浥轻尘,客舍青青柳色新。
　　　劝君更尽一杯酒,西出阳关无故人。

(122)《相思》 王维
　　　红豆生南国,春来发几枝。
　　　愿君多采撷,此物最相思。

(123)《春怨》 金昌绪
　　　打起黄莺儿,莫教枝上啼。
　　　啼时惊妾梦,不得到辽西。

(124)《清明》 杜牧
　　　清明时节雨纷纷,路上行人欲断魂。
　　　借问酒家何处有,牧童遥指杏花村。

(125)《咏柳》 贺知章
　　　碧玉妆成一树高,万条垂下绿丝绦。
　　　不知细叶谁裁出,二月春风似剪刀。

(121)和(122)都是由前半的直述句转成第三句的祈使句,再带出说明原因的合句。所以前半大致上是用来"布置舞台",第三句转出诗人的"劝"或"愿",最后才把最醒目、最动人的理由说出来。(123)则反是,它先用了两个一正一反的祈使句,然后第三句一转,改用直述句说明理由。这个理由是很令人鼻酸的。良人远在辽西,自己无法前往会见,只能在梦中见面,但现在连这点最最小的安慰都被剥夺了,因为有黄莺在枝上啼。这首诗先提要人打起黄莺儿,还有个好处,就是以"惊奇"开始。黄莺婉转的歌声原本是极受欢迎的,现在反而要把它"打起""莫教枝上啼"。由于这一个理由一上来这首诗就"引人注意",而作者最后又道出这么令人心酸的理由,遂使整首诗产生了"荡气回肠"的效用,这首诗能传诵千古,结构的成功无疑是很大的原因。如果先提理由而以祈使句结束,效果就差多了。

(124)与(125)的结构大致上是差不多的:头二句分别是直述句描述与诗题有关的情景,第三句转而为问句而以合句作答。(124)在气氛的酝酿方面很成功。前半首写清明时节悲伤的气氛,后半首则写慰藉,这个成功有一大半归功于语行的选择。转句用"问",合句用"遥指"作答,由于使用这些带有动作的语行,这首诗在这里就活泼起来了,把先前悲伤的气氛赶走了。(125)前面二句,一写整个的印象,一写最突出的特色,起承部分已见功力(前面已提过),第三句不直接"问",但言"不知",而合句也不直接"答",只用个譬喻间接地提出答案。这是很新奇的句法,也有很特殊的效果。这在《咏柳》诗来说是非常有需要的。

6. 表达方式的转变

表达方式也可以称为文体。叙述、描写、抒情、议论等属之。绝句有一大类是前半和后半使用不同的文体,最常见的是前半写景,后半抒情或议论。如果我们把"情"解释广一些,那么也可以说是景情的转变。

(126)《登鹳雀楼》 王之涣

　　　白日依山尽,黄河入海流。

　　　欲穷千里目,更上一层楼。

(127)《听筝》 李端
　　　　鸣筝金粟柱,素手玉房前。
　　　　欲得周郎顾,时时误拂弦。

(128)《题崔逸人山亭》 钱起
　　　　药径深红藓,山窗满翠微。
　　　　羡君花下酒,蝴蝶梦中飞。

(129)《嫦娥》 李商隐
　　　　云母屏风烛影深,长河渐落晓星沉。
　　　　嫦娥应悔偷灵药,碧海青天夜夜心。

(130)《南园》(十三首之一) 李贺
　　　　花枝草蔓眼中开,小白长红越女腮。
　　　　可怜日暮嫣香落,嫁与春风不用媒。

(131)《陇西行》 陈陶
　　　　誓扫匈奴不顾身,五千貂锦丧胡尘。
　　　　可怜无定河边骨,犹是春闺梦里人。

(132)《为有》 李商隐
　　　　为有云屏无限娇,凤城寒尽怕春宵。
　　　　无端嫁得金龟婿,辜负香衾事早朝。

(133)《寄人》 张泌
　　　　别梦依依到谢家,小廊回合曲阑斜。
　　　　多情只有春庭月,犹为离人照落花。

(134)《金陵图》 韦庄
　　　　江雨霏霏江草齐,六朝如梦鸟空啼。
　　　　无情最是台城柳,依旧烟笼十里堤。

(135)《和人东栏梨花》 苏轼
　　梨花淡白柳深青,柳絮飞时花满城。
　　惆怅东栏一株雪,人生看得几分明。

(136)《曲池荷》 卢照邻
　　浮香绕曲岸,圆影覆华池。
　　常恐秋风早,飘零君不知。

(137)《别董大》 高适
　　十里黄云白日曛,北风吹雁雪纷纷。
　　莫愁前路无知己,天下谁人不识君。

(138)《斑竹筒簟》 杜牧
　　血染斑斑成锦纹,昔年遗恨至今存。
　　分明知是湘妃泣,何忍将身卧泪痕。

(139)《冬景》 苏轼
　　荷尽已无擎雨盖,菊残犹有傲霜枝。
　　一年好景君须记,最是橙黄橘绿时。

(140)《出塞》 王之涣
　　黄河远上白云间,一片孤城万仞山。
　　羌笛何须怨杨柳,春风不度玉门关。

(141)《寒夜》 杜耒
　　寒夜客来茶当酒,竹炉汤沸火初红。
　　寻常一样窗前月,才有梅花便不同。

(142)《竹枝词》 刘禹锡
　　杨柳青青江水平,闻郎江上唱歌声。
　　东边日出西边雨,道是无晴还有晴。

(143)《弹琴》 刘长卿
  泠泠七弦上,静听松风寒。
  古调虽自爱,今人多不弹。

(144)《长信怨》 王昌龄
  奉帚平明金殿开,暂将团扇共徘徊。
  玉颜不及寒鸦色,犹带昭阳日影来。

(126)与(127)首的绝句和同一类的绝句有一点不同。它们并没有在后半直接说出"感情"或"议论",而是经由"欲"字所带领的句子的媒介而达到这个目的,这跟我们前面所讲的在第三句用问句的手法是很类似的。(126)首以并行的描述开始,写登楼所见之壮丽景色,然后很自然地接下去说"如果想要把千里的地区尽收眼底的话"就得"更上一层楼"。当然本诗也常被当作励志诗之典范,因此除了写景之外,也可以有更高层次的解读。不过这一点是汉语原本就有的机制,亦即我们常把感官上的"视觉"借着譬喻的方法,推衍到精神上、知识上的"视觉"。① (127)的前半也是两句并行,描写筝和弹筝的情形。第三句转出了新意,也点出了诗的主旨,诗人听筝之所悟——如果想得到深懂曲调的周郎的注意,那么就得"时时误拂弦"。这首诗除了"顾"字一语双关(一指听曲,一指顾盼),用得妙外,后半段是"矛盾语"的又一例。错误本来是人人讨厌的,但在这一种特殊的情况下却有意想不到的效果。

这一类在第三句改变表达方式的绝句例子很多,也是一般绝句作者所经常运用的,因限于篇幅不能在此一一详谈。总之这一类绝句的转句都在表达方式上有所改变而多半的情形是由

---

① 详细的讨论请参曹逢甫、蔡立中、刘秀莹(2000)。

"景"入"情"。因此之故,在第三句就有大量的表示情感或诗人见解的词语出现,如"羡君"(128)、"应悔"(129)、"可怜"(130)/(131)、"无端"(132)、"多情"(133)、"无情"(134)、"惆怅"(135)、"常恐"(136)、"莫愁"(137)、"分明"(138)、"须"(139)/(140)。当然也有不少是不使用这些词语,而用整句的语意来表示感情或评论的,如(141)至(144)。

(144)的前半用了班婕妤的典故,分别写有关她的两个动作:"奉帚"和"将团扇"。这两个动作选得很恰当,"团扇"尤其富于联想,在气氛的制造方面很成功。第三行一转而为抒写"怨情",但并没有直接道出,而是用"玉颜"和"寒鸦"的对比所产生的"反讽"表露出来。同时皇帝的恩宠并没有直接提及,而是以"昭阳日影"间接地点出。"昭阳"的选择也很妙。第一,"昭阳"和"长信"同是汉朝的宫殿名。第二,"昭阳"和"日影"有很直接的联想。第三,用它来比喻"皇恩"也很贴切。总之,这首的"怨"表现得很细致婉转,所谓"怨而不露",真不愧是宫怨诗中的杰作。

7. 主题的转变

这一类顾名思义是第三句的主语或主题与前两句的不同。① 这一类的转句与第六类相近,有时还很难区分。不过它的主要功能在于用不同的主题来表示对比,并借对比来间接传达感情或评论。因此一般说来第六类转句表达的方式比较直接主观,而第七类比较含蓄客观。

---

① 关于中文句法中主题(topic)和主语(subject)的区分,请参 Tsao(曹逢甫)(1979、1990)。在本文中这点分别不算重要。我们可以很简单地把"主题"界定为:一个句子所谈论的对象。如(145)的"石"和(146)的"商女"。

(145)《八阵图》 杜甫
　　　功盖三分国,名成八阵图。
　　　江流石不转,遗恨失吞吴。

(146)《泊秦淮》 杜牧
　　　烟笼寒水月笼沙,夜泊秦淮近酒家。
　　　商女不知亡国恨,隔江犹唱后庭花。

(147)《忆梅》 李商隐
　　　定定住天涯,依依向物华。
　　　寒梅最堪恨,长作去年花。

(148)《赠别》(其一) 杜牧
　　　娉娉袅袅十三馀,豆蔻梢头二月初。
　　　春风十里扬州路,卷上珠帘总不如。

(149)《南行别弟》 韦承庆
　　　澹澹长江水,悠悠远客情。
　　　落花相与恨,到地一无声。

(150)《钧天》 李商隐
　　　上帝钧天会众灵,昔人因梦到青冥。
　　　伶伦吹裂孤生竹,却为知音不得听。

(151)《山中问答》 李白
　　　问余何事栖碧山,笑而不答心自闲。
　　　桃花流水杳然去,别有天地非人间。

(152)《春雪》 韩愈
　　　新年都未有芳华,二月初惊见草芽。
　　　白雪却嫌春色晚,故穿庭树作飞花。

壹：四行的世界——从言谈分析的观点看绝句的结构　37

(153)《雨晴》　王驾

　　雨前初见花间蕊，雨后全无叶底花。
　　蜂蝶纷纷过墙去，却疑春色在邻家。

(154)《陪崔大尚书及诸阁老宴杏园》　张籍

　　更将何面上春台，百事无成老又催。
　　惟有落花无俗态，不嫌憔悴满头来。

(155)《忆东山》　李白

　　不向东山久，蔷薇几度花。
　　白云还自散，明月落谁家。

(156)《行宫》　元稹

　　寥落古行宫，宫花寂寞红。
　　白头宫女在，闲坐说玄宗。

　　从以上这些例子我们可以清楚地看出第三句的主题都和第一、第二句的主题不同。这种转变主要的是诗人想借此对某两种事物或状态提出对比，再由这个对比把诗的主旨明显地烘托出来。

　　(145)这首绝句，尤其是后两句，向来诗评家的解释很不同。但是从结构的观点来看，似乎有一点是可以确定的。前半写的"功""名"，都是人为的成就，第三句写的是"江""石"，两者都代表"自然"。尤其可注意的是杜甫在前半用"八阵图"而后半却用"石"来指称同一件东西。这一点绝不是偶然的。所以从对比的观点出发，我们似乎有理由相信这一首诗的主旨很接近"谋事在人，成事在天"的这种看法。这种解释很符合诸葛亮本人的人生哲学，也和结句"遗恨失吞吴"的意义相符。

　　(146)在结构上也是很完美的。前两句是偏正关系。第二句写"夜泊秦淮"是主句,而第一句写当时的凄寒景象为副句,主句的主语虽然没有明言,却从题目可以明显看出是作者自己,第三句转而写"商女",写她们不识亡国之恨,还在江的那一边高唱亡国的歌曲《玉树后庭花》。注意,由于第三句的转折,前后就产生了好几重的对比。就景象而言,作者在河的这边,商女在河的那边。河的这边是"凄寒"的,那边却是"喧闹"的。作者是清醒理智的,深深感伤唐的式微,而商女是无知的,没有国家民族观念的,不知居安思危的。

(147)的前半写作者自己,第三句一转,转入"寒梅最堪恨",而合于"长作去年花"。这一合又扣回第一句意思,因为寒梅的"长作去年花"使作者想起了时光的流逝,使作者想起了自己的老大无成,犹自"定定住天涯"。

(148)的前后对比更是明显。前半的两句一为正面描写,一为比喻。因为比喻恰当所以这两句都很出色。后半再来一个实际的比较,更显得赠别的佳人是如何冠绝群芳。改用现代一点的说法大概是"伸展台的众佳丽都给比下去了"。还有一点值得注意的。转句的头两字"春风",紧接着承句的"二月初"而来,虽然承句是比喻,而转句为实写,但这种虚实间的互相呼应还是可以增加整首诗的结合力,所以转句选用"春风"而且把它置于句首都是很巧妙的。

(149)的前半写景兼写情,第三句转入无生命的"落花",且把"落花"拟人化,说它"相与恨",所以落地时"一无声"。这种拟人化在加深感情的感染方面效果很好。(154)也和(149)一样拿无生命的落花和有生命的人类相比,赞美落花不势利。这又是人生的一大讽刺,有生命有理智的人却都有"俗态",而"落花"反倒没有。

(150)也跟前面几首一样,在第三句转入另一个主题:伶人。

而由于伶人的遭遇和前面的"昔人"的遭遇之不同引出了某种强烈的对比,前半的"昔人"是遇者未必能贤,后半的伶人却是贤者未必能遇,这又是人生的一大反讽。

(151)的前两句以"问"起,而以"笑而不答"承之。为何不答呢?因为"其中有真意",但非言语所能表示清楚的。只有一个人在大自然中实际去体会观察才可以知道,所以后半转出两句对"非人间天地"的描述,希望问者能有此慧眼看出其中的真意。(155),李白的另一首绝句,在结构上也相当接近(151),前半写人,后半写自然;前半写人的羁绊,已有好几年不能到向往的东山,后半写"白云"和"明月"的逍遥自在,前后成了明显的对比。

(152)的前半描述两个连续的事件。其中未表明的主语明显地是作者自己,第三句一转而写"白雪",并且说它"嫌春色晚",说它"故穿庭树作飞花",完全把它比拟成天真烂漫的小孩。由于成功地使用了拟人化的技巧,后半所描述的景象便霎时生动活泼起来了。

(153)的前半两句也分写两个前后的情况,且因为这两种情况的比照而引出了伤春之情。第三句转而写蜂蝶,说它们纷纷飞过墙去邻家找寻春色,这一转很出色。蜂蝶的这种行为就像一个无知的小孩那么天真可爱。这些天真烂漫的行为往往给我们带来了很大的乐趣,使人忘却了没有必要的感情,从这一层看,诗的后半可以说是写喜,写趣,就像"雨晴"把阴湿的春雨赶走了而使人精神一爽。

(156)也有异曲同工之妙。这首一开始就直写行宫,然后描写行宫中最突出的景物——宫花;第三句转而写人——宫女。注意这里至少有两个层次的"反讽",较低一层的,出现在第一、二句:行宫是相当浪漫的地方,诗里却说它"古"老而"寥落";宫花虽开得很盛很"红",却是很"寂寞"。从高一层次看,由前半对无生物的描述到后半的宫女,读者很自然地期待更多更富活力的行动,结果发现,"宫女"已白了头("白头"与"红花"也同时产生强烈的对比),而且只能"闲坐"谈些当年的盛事了。就因为这些反讽,所以在短短的四行里能产生许多"言外之意"。还得注意的一点是,当我们说前半的"宫花"和后半的"宫女"产生对比,我们并没有排除在另一层次上他们两者之间有很密切的联想。这种联想事实上是存在的,而且由于这种联想的存在,使得这首诗的组织更加严密。

8. 由静转动

这一种转法是前半两句描述了一个舞台,然后在第三、四句里诗人把最精彩、最吸引人的动作呈现在舞台上,并常常借这种戏剧性的动作来间接但有效地传达他的信息。

(157)《宫词》 张祜
　　　　故国三千里,深宫二十年。
　　　　一声何满子,双泪落君前。

(158)《题背面美人图》 陈楚南
　　　　美人背倚玉阑干,惆怅花容一见难。
　　　　几度唤他他不转,痴心欲掉画图看。

(159)《逢入京使》 岑参
　　　　故园东望路漫漫,双袖龙钟泪不干。
　　　　马上相逢无纸笔,凭君传语报平安。

(160)《鸟鸣涧》 王维
　　　　人闲桂花落,夜静春山空。
　　　　月出惊山鸟,时鸣春涧中。

(161)《秋夜曲》 王涯
　　　桂魄初生秋露微，轻罗已薄未更衣。
　　　银筝夜久殷勤弄，心怯空房不忍归。

　　(157)也是首宫怨的诗，但通首未着一"怨"字。诗的效果来自两方面。一是"何满子"的典故。盖"何满子"为歌曲名，歌咏宫女不得宠幸而又思乡的哀愁，跟诗中宫女的遭遇非常相像，所以猛一听该歌曲，想起自己的处境，感情就如江河奔泻，不可抵挡。一是来自转合两句所呈现的戏剧性动作。这首绝句前半两句一写离家之远，一写入宫之久，为下面的高潮提供了背景。后半转入戏剧性的表现，一听到"何满子"宫词就情不自禁地落泪了。(158)也是以背景的描述开始。首句写景，次句写情。后半两句呈现"高潮"，以一个戏剧性动作来表示画中美女之美的真实了。画中美女实在画得太真切了，我还以为她是血肉之躯，具有立体的空间，所以呼唤她几次她没转过身来之后，我还想把画掉转过来看。

　　(159)里岑参很成功地在前两句传达了远离家乡，思乡情切的情景，接着在第三句转入"突逢入京使"的一幕。这又是人生反讽的另一个好例子，一个人离乡日远，乡思日重，当然日夜渴望能有机会与家人联络。现在机会意外地来了——突遇入京使，但却相逢在马上，既无纸笔也只好"传语报平安"了。

　　(160)是王维五言绝句中很成功的一首。前半主要是静态地描写静，静得好像整座山都是空的，虽然这里也含有动作"落"，但是那也是"落地细无声"的"落"。到了后半一转，改用动作——"月出惊山鸟"，甚至于声音——"时鸣春涧中"来描写静。表面上看起来这似乎不合情理，一首描写大自然之静的诗怎么也描述突然的动作呢？仔细想想才能领略王维诗艺的高妙。如果不是四周实在太静,那么月出这一种大自然的现象也不会惊动山鸟而引起它们"时鸣春涧中"。这也正是"矛盾语"使用的很高境界。

(161)是王涯一首很出色的绝句,起句即扣题,写稍有露水的秋月夜。第二句承上说在这个略有寒意的秋月夜,诗中人虽觉"轻罗"已嫌单薄,却没有入房更衣。这两句把舞台背景交代清楚,第三句转出高潮——"银筝夜久殷勤弄"。第四句道出原因。这合句合得很有力,这个原因具有很大的震撼力,所以应该摆在最后,而且这样一种布局还能制造悬宕的气氛。读者首先看到微寒的秋月夜,然后看到诗中人着轻罗,感觉寒冷但未入房更衣,然后他看这个佳人在月光下殷勤弹弄银筝,弹得很久。读到这里他不禁要问:"她为什么要这样做呢?""是为了保暖吗?""是的。"他自己回答。"但如果只是为了保暖为什么不干脆入房更衣?"一直到念了合句他才恍然大悟。原来衫薄未更衣和殷勤弹筝的最终理由,是害怕空闺寂寞不敢归去。

9. 概述转特例

这类绝句是在前半有个概括性的叙述,而在后半转入一个很鲜明突出的比喻或例子。这种方法跟论说文所用的演绎法很接近。

(162)《金缕衣》 杜秋娘
  劝君莫惜金缕衣,劝君惜取少年时。
  花开堪折直须折,莫待无花空折枝。

(163)《杂诗》 王维
  君自故乡来,应知故乡事。
  来日绮窗前,寒梅着花未?

这一类绝句为数不多,以上是我们可以找到的少数例子中的两首。(162)的起句就直截了当地把主旨表明,是从反面劝。承句反之,是从正面劝。两者呈平行关系,衔接紧密。第三句一转,举了个很鲜明的比喻:少年时就像一朵盛开的花朵,要好好利用。第四句承上再从反面写,道出不及时利用的恶果:"无花空折枝"。简单地列一表我们就可以看出这首绝句的骨架。

注意整首诗这样安排有几个好处,第一,这四句的排列符合起承转合的原则。第二,按照"反、正、正、反"的顺序排下来写以便承句和转句的衔接顺畅,也就是说从正面概括性叙述转成正面比喻比由反面叙述转成正面比喻或正面叙述转成反面比喻都比较顺。第三,这样的安排还可以使最警策,最具震撼力的反面比喻——"莫待无花空折枝"放在最有力的位置——合句。

(163)与(162)相似但不完全相同。不同之处在于后半不是比喻而是指出一个很突出的事物。诗的前两句很明显地有推论的因果关系存在,关系很密切,到了后半却提了一个很特殊的问题:绮窗前的梅花开了没有?诗的趣味也集中在这个问题上。读者会问:"在故乡众多的事物中,为什么你只对绮窗前寒梅的花讯感到兴趣?"这一问就可以了解王维的思想,和他愿意接近大自然、不眷顾尘世的荣华富贵的人生观了。

10. 心情或语气的突转

这类绝句的前半表达一种心情或使用某一种语气,而第三句则在心情或语气方面一转。这一类绝句也不太多。下面是两个例子。

  (164)《闺怨》 王昌龄
    闺中少妇不知愁,春日凝妆上翠楼。
    忽见陌头杨柳色,悔教夫婿觅封侯。

  (165)《寻隐者不遇》 贾岛
    松下问童子,言师采药去。
    只在此山中,云深不知处。

  (164)的前半写快乐,起句言"少妇不知愁",承句说在大好春日打扮得漂漂亮亮地"上翠楼"观赏美好春景。两句隐含因果关系,联系紧密。后半转入怨,其中转折之处在于"忽见""杨柳色"。面对如此美好景色,但夫婿却远别以觅封侯,后悔的心情顿然而生,更何况当时是自己要他去的,想想当时真是不识愁滋味。这样一合又回到起句的"不知愁"。前后呼应,结构上很紧密,耐人再三玩味。

  (165)也是结构很完整的好诗。起句以问的方式直扣诗题的"寻隐者",次句以童子的回答承上。两句一问一答承接紧密。第三句用个"只"字表示语气转变,给人柳暗花明的感觉,但结句又回到"不知处",归结到诗题的"不遇"上。本诗语句简练,但各句所表示的感觉却一变再变。首先是找到他的居所和他的童子,然后童子说"师傅采药去了",给人"不遇"的失望,第三句再把语气或感觉一转,说"只在这个山中",给人可以找到的希望,直等到结句,才使整个希望真正破灭,复归"不遇"的主旨。从这首诗看,绝句中任何一处似乎都能转折,但该注意的是最大的转折却应该落在第二句与第三句之间,如果有必要时也可以加上转折虚词如"只"来指明或强调这种转折。

五、起承转合的结构原则与绝句的欣赏

我们在讨论承转的方法时已经提到了很多绝句的解释与欣赏。这一节我们特别再举几首脍炙人口的绝句来加以仔细分析。我们想借这样的分析来间接证明，了解起承转合的结构大原则的确可以增进我们对好绝句的了解与欣赏。

(166)《赠别》(其二)[①]　杜牧

多情却似总无情，惟觉樽前笑不成。

蜡烛有心还惜别，替人垂泪到天明。

这首诗的前两句写的是作者自己或受他赠别的人或者可以说是我们。这一点各家说法稍有出入。关于这一点，我们认为因为中文语法特别容许主语或主题的省略，[②]在短诗里可能很难有定论。我们暂时把它解释成"我们"。其实这一点对于这首诗的欣赏不是最重要的，我们甚至可以说这种情形在人类都有可能发生的，我们人类可以说是最"多情"的，也自认为是最善于表达感情的，但在这种场合反而像是无情。特别是在离别的酒杯前，想要强颜欢笑，但却无能为力——怎么也笑不成。这两句一起一承，起句讲离别时的多情似无情，第二句谈到离别的酒杯前的无奈由概述转特例，承接得很紧密。第三句在主语方面转而说蜡烛。这一转，转得非常巧妙。蜡烛当然是饯别时一定有的东西，跟前一行的"酒樽"可以连接上，但更巧妙的是"蜡烛"是无生物，与前半的"我们"形成了强烈的对比，也产生了感人的"反讽"——最多情的人类，在这个时候却如此无能为力，需要无生

[①] 本诗在前面讨论承之法时已列为(80)。

[②] 关于这一点的讨论请参王力(1971)，以及曹逢甫(1980)。

命的"蜡烛"来为他们"垂泪到天明"。

我们这样的解释有什么根据呢？我们在前面讲转的方法时已提到转句的主要功能之一，尤其是在转换主题的情形，在于造成前后半的对比。(166)的转句就具有上述的这个功能。除此之外，我们在诗中还可以找到两个提示。第三行的"有心"一语双关。在一层意义上它指的是烛心，但在另一层次它明显地是用来比人。最后一行的"替人"用意更是明显。"替人"在此也用得很巧妙，除了用来表示与人对比外，在呼应方面，它扣回前半的主题"我们"。这一响应使整首诗在结构上更加圆融，就像在一个圆的中间画一条直径，左半涂蓝，右半涂红，左右对照分明，但整个看起来却是圆融和谐的。

下面这一首也有异曲同工之妙：

(167)《回乡偶书》① 贺知章
　　少小离家老大回，乡音无改鬓毛衰。
　　儿童相见不相识，笑问客从何处来。

这首绝句的首两句有因果关系，因为少小离家老大才回来，所以乡音虽然没有改，双鬓却已斑白。这一点我们前面讨论承的方法时已提及。因为有了这层关系这两句的关联就很紧凑，很密切。这里的第三句跟(166)一样，也是借转入另一个主语"儿童"而使前后半产生对照——"少小离家老大回"的诗人和儿童的对照。然后由第三句的"相见不相识"引起"笑问客从何处来"。这个"客"字落得很好。用了"客"字除了响应转句的语意之外，一方面可以扣回第一句的"少小离家老大回"，使首尾相连产生诗的密度；另一方面这个"客"字也有反讽的作用，使诗产生了趣

---

① 前曾引此诗标为(62)。

味。为什么这是反讽呢?因为从某个角度来看诗人是有资格称为该地的父老,他多年前就是生在那儿,长在那儿;他到现在乡音未改而双鬓已白。只因为离开了很长一段时日,今天回乡才使这个"主客关系"颠倒过来,才使这些后生小辈有机会笑问他:"这位客人,你从哪里来啊?"

(168)《饮湖上初晴复雨》(之二)① 苏轼
　　水光潋滟晴方好,山色空蒙雨亦奇。
　　欲把西湖比西子,淡妆浓抹总相宜。

这首诗一开头就描写西湖晴时的景色。第二句承上去,改写雨时的风光,两句有并行的关系,关联紧密。同时起句写题中的"初晴",承句写"复雨",双双都入题,也是实写。后半转变表达的方式改描写为议论。但诗人很巧妙地避开直接议论而用"欲"字作为转折动词,②说"如果想把西湖比西子",带出了西施的比喻。这个比喻用得非常恰当。首先,西湖是中国最有名的胜景,西子是中国最有名的美人,胜景比美人而相得益彰。其次,西湖位于浙江杭州,而西施生长于越,后来嫁给了吴王。吴越之地亦应是在西湖附近地区,两者有地缘关系。最后,两者都以"西"为名,很容易产生联想。就诗的效果而言,这一转也使诗前半静态描写变得活泼生动起来。最后一句承第三句的比喻,进一步点出这个比喻"相宜"之处。这一句真是神来之笔,"相宜"经诗人安在这里,语意突然丰富起来。它可以用来形容好几样东西,一是西子,二是西湖,三是拿西子来比西湖的比喻本身。又从结构上着眼,句中"淡妆"响应雨时的"山色空蒙",而"浓抹"回应晴时

---

① 前曾引此诗标为(32)。
② 关于转折动词的用法请参前面第二节(页7至8)以及第四节(页29至32),尤其(126)(127)首的讨论。

的"水光潋滟",使整首诗首尾衔接,变成一个有机体。难怪这首诗能流传千古,成为咏西湖盛景的千古绝唱。

(169)《送灵澈上人》① 刘长卿
苍苍竹林寺,杳杳钟声晚。
荷笠带斜阳,青山独归远。

刘长卿的《送灵澈上人》也是一首结构紧密的好诗。诗的前半为两个并行的描写句,一写色彩,一写声音,都取的是远景。然后诗人把镜头拉近,来个特写,把"荷笠带斜阳"的美丽景色清楚地呈现出来。同时,也把藏在笠帽下的人——灵澈上人——点出来了。所以第三句可以说是由远景移到近景,也可说是由背景的描述转到焦点——人的描述。主人既已点出,第四句就真的如顺水推舟一般地浮现。接得很自然,一点也不牵强。除此之外,诗人在这一句的遣词造句方面也显出很深的功力。"青山"遥遥呼应首句的"苍苍","远"则分别与"苍苍""杳杳"和"斜阳"呼应。"独"字更是贯穿全诗的意境:荷笠、斜阳、竹林寺、钟声、青山和灵澈本人全都是。有了这么多前后的呼应,使得这首短短二十字的诗在"字质"方面出奇地紧密。此外,诗题为"送灵澈上人",而本诗以"青山独归远"为结,从言谈交际的观点观之,也是再合适不过的了。一来说话者,诗人,用这一句话能充分表达他的羡慕之情,二来用这一句话来送给他的朋友灵澈上人,一位方外的高僧,也是很相称的。总结一句,本诗在结构上很完美,在身份感情的表达上也很得体,所以虽为酬酢之作,也能传诵千古。

---

① 此诗前引之处分别为(34)和(107)。

(170)《九月九日忆山东兄弟》① 王维
　　独在异乡为异客,每逢佳节倍思亲。
　　遥知兄弟登高处,遍插茱萸少一人。

这是王维早期的作品,所以思想上和晚期的作品不大相同。但在结构上这首绝句却和晚期的作品一样完美。可见诗人的技巧已经很早就成熟了。第一句写他一个人离乡背井独处他乡,直扣题中的"忆山东兄弟",第二句承上,与第一句有因果关系。其中"佳节"也扣题中的"九月九日"。前二句实写,第三句转入推想,在地点方面也由这里推展到"山东"的家。"登高"也回应了第二句的"佳节"和题中的"九月九日"。再由"兄弟登高"想到"遍插茱萸少一人",过渡得很自然。同时"遍插茱萸"也扣回诗题中的"九月九日"。"少一人"又回应到首句的"独在异乡为异客"。如此紧密的组织使原本真挚的感情显得更感人,产生了很大的震撼力。

(171)《夜雨寄北》② 李商隐
　　君问归期未有期,巴山夜雨涨秋池。
　　何当共剪西窗烛,却话巴山夜雨时。

这一首绝句跟很多传诵千古的绝句有一点不大相同:它的每一句拆开来看都可以说平淡无奇,但整个合起来看却自有感人的力量。这当然和选用平直的语言成功地反映家书的纯真以及所表达感情之真挚有关,但最重要的是这首诗有很紧密的结构,使整首诗变成了有机体,能产生整体的力量。

诗的第一句直扣题中的"寄北",说:"你来信问我什么时候

---

① 此诗前引之处标为(103)。
② 此诗前引之处分别标为(10)和(100)。

能回北方,我的确不知道。"第二句描写写信当时的情景——羁泊他乡写家书,乡愁正浓的时候,偏偏遇到了"夜雨"打在秋天的池塘上,池水涨满了,乡愁也涨满了。第三句一转,推想到将来。诗人问自己:"哪一天才能与你在一起,秉烛长谈,谈谈重聚前的相思,谈谈我现在写信时的愁怀?"所以仔细地分析第三句在三方面都转变了。第一也是最明显的是时间从现在变到未来。其次是表现方式由实写转入推想。最后是心情方面,由现在的愁苦转入希望。也借着这点"希望"来互相慰藉,互相鼓励。合句的"却话"承第三句的"共剪西窗烛"而来,但是谈话的内容"巴山夜雨时"却又响应到第二句。这种种关联使这四句诗能紧紧地结合在一起,使原本平常的四句话能产生"言外意""味外味",使人读了以后会回味无穷。由此,我们很清楚地可以看出成功的结构对一首诗的重要。

六、结　语

　　总结以上的讨论,我们可以得到四点结论,今分别简述于后。

　　(一)大部分的绝句(包含五、七言乐府)都可以用"起、承、转、合"的结构原则来解释。少数不符合这个原则的作品,要不是在结构上被认为有缺陷(如例(19)李白的《越中览古》),就是想突破这个传统另辟蹊径(如例(22)杜甫的《绝句》)。如果这个结论是正确的话,那么我们是不是可以说绝句的创作只有一种方法呢?答案是"是",也是"不是"。"是"是因为很少有绝句能脱离这个大原则而仍然是绝句的。"不是"是因为"起、承、转、合"每一项的方法都很多,可能的组合数目也就成千上万了。这也许就是所谓的"原则"虽然只有一个,但其中变化运用之妙则"存乎一心"了。

（二）那么"起、承、转、合"的意义又是什么呢？在总结这一方面的讨论之前我们有必要把"诗的主题"和"题目"分清楚。这两者经常有密切的关系，但往往并不一样。就起句而言，往往它与题目的关系较密切，但它，除了极少数的例外，如(162)《金缕衣》，起句通常不是主题句。承句则承起句而来，它与起句的关系最常见的有下列八种：1.并行的描写；2.前后连续的两个状态或动作；3.因果关系；4.偏正关系；5.概述——特写关系；6.景—情关系；7.事实—推论关系；8.问答关系。

转句在绝句中居于枢纽地位，转句的成功与否关系整首诗的优劣。就它与前半句的关系而言，常见的有下列十种：1.时间转变；2.空间转变；3.时空俱变；4.直述转虚拟假设；5.语行的转变；6.表达方式（文体）的转变；7.主题的转变；8.由静转动；9.概述转特例；10.心情或语气的突转。其中尤其是第6类表达方式（文体）的转变为最多，而这一类中又以由"景"转"情"的情况为最常见。就转句启后的作用而言，它的主要功用在于建立一个情境，而在这么一个情境中，诗人有理由或有机会说出第四句的合句或信息焦点句。举个例来说，前述转句的第五类——语行的转变就经常有由前半的描述句在第三句转为问句，然后在合句提供回答。从这一观点看，这一类的转句事实上是"修辞问句"。(124)和(125)都是很好的例子。别类的转句也或多或少都有这一种功能，在前头的讨论我们已举过相当多的例子，这里不再举了。

（三）本文关于绝句结构方面的结论如果正确的话，那么一首绝句大致上可以分成四个语意单位（注意：不一定都是语法单位）分别承当起、承、转、合的功能。其中前两个又可合为一个较大的单位，后两个合成另一个单位，最后这两个单位又可合成一个完整的主旨。用图表示如下：

因此绝句的翻译,在尽可能范围内也应保留这种结构关系。

(四)律诗和绝句同为古典诗,那么这个结构原则是不是也适用于律诗的分析呢?目前我们还不知道有任何对律诗结构的大规模的分析,所以这个结论暂时还不能下。但好几位学者的看法是:如果把律诗的一联当作一个单位,那么律诗的四联也通常具有"起承转合"的功能。施瑛[1]和张志公[2]等也各举了一些例子。因为这一议题已明显超出本文的范围,我们不拟在此作进一步的探讨,在本书第叁章里我们会有较深入的讨论。不过不论这个结构原则能不能适用于律诗,至少有一点是可以确定的。在结构上来讲,绝句和律诗都是完整的诗。即使形式上可以说绝句是截取律诗而成,[3]在结构上也绝非如此。

(五)中国古典诗似乎很少有少于四句的。这似乎不是偶然的,我们的看法是这一个事实与"起承转合"这个结构原则有密切的关系,虽然目前还没有证据来支持或推翻这个看法。由这一层关系出发,我们也可以比较一下日本的俳句,俳句只有三个单位,那么这三个单位又代表哪些结构功能呢?这也是一个很有趣、也很值得进一步探究的问题。

---

[1] 见施瑛(1972:68)。
[2] 见张志公(1983:337—339)。
[3] 关于这一点古来争论很多。最近较详细的讨论见王力(1968)。

贰:从主题—评论的观点看唐宋诗的句法与赏析

一、导　论

　　向来论唐宋诗句法者都以王力先生的语法理论为架构,以《汉语诗律学》为实际分析的蓝本。毫无疑问地,王先生对汉语史和汉语诗律的研究确有独到之处,其贡献之巨也不是普通学者所能望其项背的。然而王先生的中国语法理论还是有深受西方语法理论影响而与中文语法格格不入之处,也因此影响到他在《汉语诗律学》有关句法方面所做的结论。正如叶维廉先生在《比较诗学》一书的序中所说的:"我们现在想来,中国语言学家实在不必亦步亦趋地把中文硬硬地套入西洋文法的格局里。王力先生的《汉语诗律学》是个巨制,但对他用西洋语法公式来套中国文言句法的处理,我始终认为是一种损失。"(叶维廉1983:2)

　　就个人研究所及,王先生的语法架构中与中文的语言事实最有出入的一点就是认为中文跟英文一样是一种"主语—动词—宾语"的语言,而没有看出中文的最基本成分应该是"主题—评论"(Topic-Comment)。[①] 对于王力先生中文语法架构的

---

　　① 在中文里,"主题"与"主语"的区别最主要的是"主语"与动词有"施事者"与"动作"的关系而"主题"则为一个句子所要谈的事。"主题"与"主语"可能合而为一,如"张三打了李四"这个句子里的"张三",但不是所有的"主语"都是"主题",如"数学我做完了"这一句里"数学"是"主题"但不是"主语","我"才是"主语"。关于"主题"与"主语"的区分请看 Tsao(1978,1979,1990)、曹逢甫(1980)、汤廷池(1979)、Li & Thompson(1981)。

评论笔者在别处已言之甚详(Tsao 1979,1982,1990),此处不赘,本文旨在提供一个适合汉语的语法架构并且根据这个架构提出一些分析唐宋诗的新的透视角度。细言之,我们将用我们的中文语法理论来:1.重新分析散文的节奏并指出其与诗的韵律节奏之间的关系;2.探讨句中主题的选择和诗意的关联;以及3.来看句式变化与句子长短的运用如何影响诗的表情作用。

二、句法分析的理论架构

(一) 理论架构简介

笔者过去二十余年来一直从事中文语法分析的工作并陆续对中文的句式发表了好几篇论文(请参 Tsao 1978,1979,1982,1987a,1987b,及 1989a,1989b,1989c,1990)。目前在中文句式的分析上,已有一套较完整的看法。为了方便以下的讨论,先在此简单地举例说明,详细的论证与说明请参各有关专文。

中文的句子分为简句和复句,现分别举例说明于下:

1. 简句

中文的简句可以用下面一条衍生律衍生出来:①

(1) a. (句子)→主题(一)＋(句子)
    b. (句子)→主题(二)＋(句子)
    c. (句子)→主题(三)＋(句子)

主题(一)即第一主题或大主题;主题(二)即第二主题或次主题;

---

① 这样一条衍生律当然不可能单独衍生所有合乎文法的句子,而需要其他"模块"(module)的配合来把不合文法的语句汰除掉。这在理论上牵扯太广,目前的研究还只是在假定的阶段而已。

主题(三)即第三主题或叁主题,依次类推。虽然理论上说,主题数可以无限;但实际运用上,超过三个主题的句子并不多见。下面我们根据句子中主题的多寡来把中文简句分类:

A类:单主题简句

这一类中典型句式是主题和主语合而为一。视宾语之有无又可分为及物式与不及物式两小类。

(2) 他做完功课了。(带宾语,及物式,"他"为主题兼主语。)

(3) 老朱跑了。(不带宾语,不及物式,"老朱"为主题兼主语。)

B类:双主题简句

根据笔者最近的研究,下面例句中画双直线的成分都可以当"次主题"(画单直线者为大主题)。

(4) a. 他数学习题做完了。

  b. 他耳朵很灵。

  c. 他把钱看得很重。

  d. 他打篮球打得很好。

  e. 他昨天觉得舒服。

  f. 他为了你吃了许多苦。

当然这些次主题在有必要时都可以提前成为大主题。这时原先的大主题就变成了次主题,请比较(5)和(4)的句子。

(5) a. 数学习题他做完了。

  b. 耳朵他很灵。

  c. 钱,他把它看得很重。

  d. 打篮球,他打得很好。

e. 昨天,他觉得舒服。

f. 为了你他吃了许多苦。

再其次就是只有主题,不论是大、次或叁,才可以出现于比较句。请对照(6)(7)和(4)的各句:

(6) a. 他比我数学习题先做完。

b. 他比我耳朵灵。

c. 他比我把钱看得重。

d. 他比我打篮球打得好。

e. 他比我昨天觉得舒服。

f. 他比我为了你吃了更多苦。

(7) a. 他数学习题比英文习题先做完。

b. 他耳朵比鼻子灵。

c. 他把钱比把生命看得重。

d. 他打篮球比打排球打得好。

e. 他昨天比今天觉得舒服。

f. 他为了你比为了我吃了更多苦。

最后,我们举"连"字句为例。就"连"字句而言,最重要的一条规律就是只有主题,不论大、次或者叁主题,才可以出现在"连"字后头。试比较(8)(9)(10)各句和(4)(5)各句:

(8) a. 连他数学习题都做完了。

b. 连他耳朵也很灵。

c. 连他也把钱看得很重。

d. 连他也打篮球打得很好。

e. 连他昨天也觉得舒服。

f. 连他也为了你吃了很多苦。

(9) a. 他连数学习题也做完了。
　　b. 他连耳朵也很灵。
　　c. 他连钱都看得很重。
　　d. 他连打篮球都打得很好。
　　e. 他连昨天都觉得舒服。
　　f. 他连为了你都吃了许多苦。

(10) a. 连数学习题他都做完了。
　　 b. 连耳朵他都很灵。
　　 c. 连钱他都把它看得很重。
　　 d. 连打篮球他都打得很好。
　　 e. 连昨天他都觉得舒服。
　　 f. 连为了你他都吃了许多苦。

C类：多主题简句

如前所言，有三个以上主题的句子并不多。是以多于二个主题的简句统称"多主题简句"。以下举数例以见一斑（画曲线者为叁主题）：

(11) a. 李小姐昨天把衣服洗了。
　　 b. 他们三个人，每个人，财产都上亿。

(12) a. 我们家四个孩子老大脾气最坏。
　　 b. 王太太三个孩子连最小的头发都白了。

2. 复句

大抵上，复句根据主题的不同可以分为三类：a. 主题串；b. 引介主题串；c. 兼语主题串。

a. 主题串

主题串是一个或一个以上的简句，由一个共有的主题引领的句式；再看中间是否有联结成分又可分成有标主题串如(13)

(打△部分为联结成分),和无标主题串如(14):

(13) 他虽然很用功,(他)却没有考及格。(有标)

(14) 银行九点钟开门,(银行)开始营业。(无标)

b. 引介主题串

"引介主题串"和"主题串"不同。后者"主题"为已知,前者为未知;因其为未知故需要一个前行分句加以引介。最通常的引介词是存在动词如"有""是"以及文言文的"无"、隐现动词如"出现""消失"和姿态动词如"站着""挂着""飘来"等:

(15) 他有个妹妹,(这个妹妹)是中文系毕业的,(这个妹妹)却很喜欢唱洋歌。

(16) 墙上挂着一幅画,(这一幅画)是齐白石的,(这一幅画)很值钱。

(15)、(16)里最前面的分句的功用都是用来引介真正的主题,分别是"那个妹妹"和"那一幅画"。这样子的句构我们暂且名之为"引介主题串"。

c. 兼语主题串

另外有两种句式可以同时"兼顾"引介的主题和被引介的主题。这两种句式可分别用(17)(18)两句来代表:

(17) 他们要你赶快回家去。

(18) a. 他们种那种菜给张三吃。
　　　b. 他们种那种菜_____吃。
　　　c. 他们种那种菜给自己吃。

这两种句式的好处是可以接下去谈原来的主题"他们",也可以谈被带进来的主题,分别是"你"和"那种菜"。在句法方面(17)

和(18)都有一个成分是前后两个分句所共有的——"你"和"那种菜","你"在(17)里兼饰二个角色——一方面是前面分句的宾语,一方面是后面分句的主题。"那种菜"在(18)里也兼饰二角——一方面是前面分句的宾语,一方面也是后面分句的"主题"。(17)和(18)的不同是:在(18)里第二分句可以明言"给谁";如果没明言就是"给第一分句的主语"。因为这二式都有一个成分兼饰二角,所以合称兼语式。又因为第二式有表示"受益"的"给字词组",所以常用来表示目的。必要时可以加个"目的兼语式"以示区别。

最后我们必须一提的是:不论是简句也好,复句也好,它们都有可能变成一个和名词相等的成分,在句子里当主语或宾语。我们管这种结构叫"名词子句"。依它们在句中的位置,我们也可称它们为"宾语子句"或"主语子句"。

(19)"星期六银行要到十点钟才开门,开始营业"是很平常的。

(20)我希望"你明天早点回家,帮我烧几道菜"。

(二)唐宋古文实例解析

明白了这个架构,我们似乎可以着手进行分析了。不过,或许有人还有疑问:这个架构是分析现代汉语所得结论,它是不是合适拿来分析唐宋时的文言文?就个人比较现代汉语和中古文言文所得结论,认为两者在基本句式上相差不多。[①] 不过,为了排除不必要的疑虑,现在让我们举四个实际的例子,并试着用这

---

① 注意:我们只是说"基本句式上相差不多"。当然有些白话的结构像动补式(如"做得完")、连字式、使成式,都是后起的,唐时的古文没有,又有些词的运用古今显然有所不同,如(21)里的"动摇"。

个架构加以分析。

(21) 吾年未四十,而(吾)视茫茫,而(吾)发苍苍,而(吾)齿牙动摇;(吾)念诸父与诸兄,皆康强而早逝,(吾)(念)如吾之衰者,其能久存乎?

韩愈《祭十二郎文》

(21)里,"吾"为大主题,总领了七个分句,是为一大主题串。在第一、二、三、四分句里又分别有次主题"年""视""发",以及"齿牙"。如前所言,同一主题串分句间的连词,在语法上讲是可有可无的;但在(21)前四句间都用了"而"这个连词。可不用而用,不但用而且用得很多,其目的显然是为了加强效果——韩愈身上真的是"样样"都不行了。五、六分句也是以"吾"为大主题,也是承前省略。不过五、六分句与前四分句不同:它们的动词是"念",其后的宾语都是主题串当名词子句。在第五分句是以"诸父与诸兄"当分句大主题后接两分句的主题串当宾语子句,而在第六分句则是以"如吾之衰者"为大主题后接一分句的简句为宾语子句。

(22) a. 李氏子蟠年十七,好古文,六艺经传皆通习之,不拘于时,请学于余。

b. 余嘉其能行古道,作《师说》以贻之。

韩愈《师说》

(22a)和(22b)分别是两个主题串由"李氏子蟠"和"余"两个大主题带领。(22a)有五个分句,第一和第三分句分别有次主题"年"和"六艺经传"。后者在语意上是宾语,现在出现在动词前当次主题。五个分句间并无连词,所以(22a)为一无标主题串。(22b)中"其"分饰二角,一方面是动词"嘉"的宾语,一方面是"能行古道"的主题,为"兼语",所以上半部为"兼语主题串"。

(23) a. 臣伏见天后时,有同州下邽人<u>徐元庆</u>者,<u>父爽</u>,为县尉赵师韫所杀,卒能手刃父雠,束身归罪。
b. 当时谏臣<u>陈子昂</u>建议诛之而旌其间,且请编之于令,永为国典。

柳宗元《驳复雠议》

(23a)和(23b)都是主题串;但(23a)又和(23b)不同,它是引介主题串。因为读者可能不知"徐元庆"为何人,所以用引介句式引领,以时间词先行再接以引介动词"有"。这正像我们说故事时,在开头说"从前(时间词)有一个国王……"来引介"国王"。大主题"徐元庆"后跟有五个分句,其中第一、第二分句有次主题"父",分别为双主题简句,其余单主题简句。(23b)的第一分句以"当时"为大主题,而以"陈子昂"为次主题,以下的主题串由两者共同带领,主题串里有两个动词"建议"和"请",用连词"且"连接,"建议"后的复句"诛之而旌其间"为名词子句当"建议"的宾语,而"请"后的部分却是兼语式,其中的兼语"皇上",因为是"听话者"而省略。

(24) <u>予</u>独爱<u>莲</u>之出淤泥而不染,濯清涟而不妖,<u>中</u>通<u>外</u>直,不蔓不枝,<u>香</u>远益清,亭亭净植,可远观而不可亵玩焉。

周敦颐《爱莲说》

(24)的主要部分是大主题"予",及物动词"爱"以及"爱"后面的一长串宾语。这一长串共有十二个分句以"莲"为大主题,其中只有第五、第六和第九分句是双主题句,分别以"中""外"和"香"为次主题,其余都是单主题句。分句与分句之间语意有对比的都用"而"为连词。

虽然唐宋的文言文和现代的白话还是有相当多不同的地方，但从我们以上的分析，我想我们可以肯定地说，我们的架构基本上还是合适于文言文的分析的。

提到文言跟白话的异同，我们得在此补充说明一点。唐宋的古文其实跟当时的口语已经距离很远。就拿(23b)里的"编之于令"来说。用现代的口语来说是"把(或将)它编入法令"。"把字式"大概兴起于中唐，差不多是韩柳的时候。① 但不只是唐朝古文没有，连宋朝古文也没有。然而在晚唐的诗人罗隐、秦韬玉的诗中就已经有了。② 再看杜甫诗的"细雨鱼儿出""微风燕子斜"，其中词尾"儿""子"已现，但古文中还是不用。由此可见唐宋诗比唐宋古文接近当时的口语。

三、意义节奏与音韵节奏

说明完了我们的语法架构，现在可以来谈谈诗的意义节奏，即散文节奏跟音韵节奏的异同。为了说明方便我们分成两部分五言及七言来谈。

（一）五言诗句

王力先生曾花了相当大的心力，根据他的语法架构整理五

---

① 韩愈的诗中有一首也用"将字式"，请看：
左迁至蓝关示侄孙湘
一封朝奏九重天，夕贬潮阳路八千。
欲为圣明除弊事，肯将衰朽惜残年。
云横秦岭家何在，雪拥蓝关马不前。
知汝远来应有意，好收吾骨瘴江边。
虽然还不完全是现代的"把字式"，但已具雏形。
② 罗诗及秦诗的全文及讨论请见(63)及(72)。

言近体诗句的句式并归纳成九十五个大类,两百零三个小类,三百四十个目,四百个细目(王力 1972:229)。这个数目实在大得令人难以相信。语言所能表达的意念固然无穷,但是任何语言的大句型总不外乎十数个。就算诗句的变化较一般语言为多,也不会多到九十五大类。更何况王先生的统计只是根据五言诗句而已,如果再加上七言诗句,那么数目恐怕还要大得多。这似乎显示语法架构本身有了问题。

关于这一点怀疑,我们也可以在王先生根据这九十五大类再进一步整理的意义节奏类型上得到进一步的证实。王先生对意义节奏的说明方式如下(王力 1972:230):

> 意义上的节奏和诗句上的节奏并不一定相符。所谓意义上的节奏,也就是散文的节奏。譬如一个五言的句子,如果把它当作散文的句子看待,节奏应该如彼;现在作为诗句,节奏却应该如此。五言近体诗的节奏是"二二一",但是,意义上的节奏往往不是"二二一"而是"二一二""一二三""一三一""二三""三二""四一""一四"等等。

虽然对诗的语言稍有研究的人都会同意意义上的节奏和诗句上的节奏不会完全相符,但是大部分的人也难相信有某种盛行数百年的诗体,它的大部分句式和诗句上的节奏都不相符,因为这大大地违背了诗歌语言的原理,与一般人对诗歌语言的语感更是大相径庭。如果我们以上的推论是正确的,那么它再次证明我们先前的怀疑是有理由的。

不过,在详细探究王先生的分类和例句之前,我们还要对诗句上的节奏进一步地探讨。虽然陈渊泉先生(Chen:1979,1980)也认为五言诗的韵脚基本上是"二二一",但陈先生同时指出五言诗句中最大的分点却是第二、第三字之间,至于后半句如何再细分并不很重要。换句话说,就诗歌节奏而言,五言诗分成"二三"是最基本的。这一点也符合传统诗家的看法。胡震亨在《唐音癸签》卷四里曾说:

> 五字句以上二下三为脉,七字句以上四下三为脉,其恒也。有变五字句上三下二者,如元微之"庾公楼怅望,巴子国生涯",孟郊"藏千寻布水,出十八高僧"之类;变七字句上三下四者,如韩退之"落以斧引以墨徽",又"虽欲悔舌不可扪"之类,皆蹇吃不足多学。

了解了这层关系,我们再来看王先生的分类问题出在哪里。下面(25)到(33)所录是王氏的大类以及大部分的例子。

(25) "二一二"

    a. 蝉声—集—古寺,鸟影—度—寒塘。(杜甫《和裴迪登新津寺寄王侍郎》)

    b. 文章—憎—命达,魑魅—喜—人过。(杜甫《天末怀李白》)

    c. 岸花—飞—送客,樯燕—语—留人。(杜甫《发潭州》)

    d. 催客—闻—山响,归房—逐—水流。(王维《过感化寺昙兴上人山院》)

在(25)里王先生很明显地是以主—动—宾的架构来定散文的节奏。这一点我们认为不符合中国人的语感。中国人的语感中,"动宾"通常不分开,除非宾语相当长。如果把动宾合在一起,那么(25a)(25b)(25c)很明显地是"二三"句式。(25d),根据我们的架构是无标主题串,大主题略而不谈。主题串由四个分句组成,分别是:"催客""闻山响""归房"以及"逐水流"。每一行的节奏分明是"二三",看不出有任何理由把它硬归为"二一二"句式。

(26) "二二一"

    a. 明月—松间—照,清泉—石上—流。(王维《山居秋暝》)

    b. 湛湛—长江—去,冥冥—细雨—来。(杜甫《梅雨》)

    c. 蜀星—阴见—少,江雨—夜闻—多。(杜甫《散愁》)

    d. 牧童—望村—去,猎犬—随人—还。(王维《淇上即事田园》)

    e. 有猿—挥泪—尽,无犬—附书—频。(杜甫《雨晴》)

(26a)为二个双主题单句,分别以"明月""松间",和"清泉""石上"为主题,念成"二二一"固然正确,但也可以念成"二三",就像一句平常白话"李小姐肚子大了",多半的人会在"李小姐"后面做顿,而不是在"肚子"后。(26b)两行的前二字为迭声字,用来描述后三字所描绘的情形;因此在第二、第三字之间做顿也是正常的。(c)和(d)的情形类似,都是以前二字为大主题后跟二个分句形成一主题串,所以念成"二三"是很自然的。(26e)的两行与省略了的大主题形成主题串,每一行有两个分句,前二后三,是以在第二与第三字间做顿也是再自然不过的了。

(27) "一二二"

    色—因林—向背,行—逐地—高卑。(李颀《篱笋》)

这一类是真正的例外,因为大主题只有一个字,分别为"色"与"行",后面跟了两个分句,各为两个字。所以不论念成"一四"或"三二",对"二三"来讲都是例外。不过这一类句子很少。这是王先生唯一的例子。

(28) "一三一"

    a. 门—看五柳—识,年—算六身—知。(王维《慕容承携素馔见过》)

    b. 山—临青塞—断,江—向白云—平。(王维《送严秀才还蜀》)

    c. 幸—因腐草—出,敢—近太阳—飞。(杜甫《萤火》)

(28a)和(28b)都分别由两个主题串组成,因为大主题是单音节词,而主题串的第一分句也各是三个字,而第二分句为一个字,因此不论念成"一三一"或是"一四"对"二三"来讲算是例外。(28c)跟(28a)(28b)不同的是第二行的第一个字都不是名词,也因此不可能是大主题,大主题很明显是"萤",这里因为已知而省略,所以两行合成一个主题串。前行的首字是副词,而后行的首字为助动词,严格地说起来词类并不完全相同。不过,它们多多少少有修饰其后接之词的属性,所以还可以相对。就句子的节奏还是"一三一"。

(29) "一一三"

    a. 猿—护—窗前树,泉—浇—谷后田。(刘长卿《初到碧涧》)

    b. 老—耻—妻孥笑,贫—嗟—出入劳。(杜甫《赴青城县出成都寄陶王二少尹》)

    c. 绿—垂—风折笋,红—绽—雨肥梅。(杜甫《陪郑广文游何将军山林》)

    d. 犬—迎—曾宿客,鸦—护—落巢儿。(杜甫《陪郑广文游何将军山林》)

(29a)的两行是两个句子,都是由一个大主题(在此亦为主语)跟着动词,然后是个带有修饰语的名词组。(29d)也是一样,只是名词组所含的修饰语结构上是个关系子句。因为宾语名词组相当复杂,所以如前所言,可以在宾语和动词之间停顿。因此(29a)和(29d)都应该读成"二三"。(29b)的"老"和"贫"是"老时"和"贫时"的省略说法,是名词组当大主题。次主题为"诗人"自己,在此省略。"妻孥笑"和"出入劳"皆为包孕名词子句分别当"耻"和"嗟"的宾语,因为宾语较长且复杂,所以大主题和动词一起念,而宾语子句自成一个单位,还是"二三"的句式。(29c)是争论较多的句子,原因是杜甫为了特殊效果而把原来应该是"风折笋垂绿,雨肥梅绽红"的句倒装成这样子。因为这样一来,"绿"和"红"分别提前当主题,意思是"一片绿、绿色之物"与"一片红、红色之物";而整句的意思是:"有绿色之物垂着,原来是风折了的笋;有红色之物绽放着,原来是为雨所肥的梅花。"这样一倒,把诗人惊奇发现的心理过程充分显现出来。① 这真是"语不惊人死不休"的杜甫"一片神行"的句子。明白了这层意思,也自然了解这两句还是"二三"的句式。

(30) "二三"

    a. 黄绮—终辞汉,巢由—不见尧。(杜甫《朝雨》)

    b. 侧身—千里道,寄食—一家村。(杜甫《得舍弟消息》)

    c. 渐渐—风生砌,团团—日隐墙。(杜甫《薄游》)

    d. 草枯—鹰眼疾,雪尽—马蹄轻。(王维《观猎》)

    e. 玩雪—劳相访,看山—正读吟。(刘长卿《酬张夏》)

    f. 片云—天共远,永夜—月同孤。(杜甫《江汉》)

    g. 书生—邹鲁客,才子—洛阳人。(王维《送孙二》)

    h. 山中—一夜雨,树杪—百重泉。(王维《送梓州李使君》)

---

① 叶维廉先生(1985)也有近似的意见。

这一大类虽然例子很多，但因为我们跟王先生的看法趋于一致，所以只要稍举数例即可，也不拟详细说明每一例的结构。可是我们得指出王先生一个前后不一致之处。在(25)里，王先生把宾语单独挑出成一单位，但在(30a)和(30c)里，宾语却和动词连在一起成一单位。

(31) "三二"

  a. 淑女诗—长在，夫人法—尚存。(王维《故南阳夫人樊氏挽歌》)

  b. 一从归—白社，不复到—青门。(王维《辋川闲居》)

  c. 茅茨疏—易湿，云雾密—难开。(杜甫《梅雨》)

  d. 泉声咽—危石，日色冷—青松。(王维《过香积寺》)

(31a)的两句都是双主题单句，这种句式在大主题或是次主题之后停顿都可以。不过，一般的情形是在大主题与次主题之间停顿居多，请想想我们平常说下面这句话时，在那里停顿最自然："李小姐诗写得很好。"职是之故，(31a)还是释为"二三"最自然。(31b)中的"一从"和"不复"不论是在语意或语法上都是在一起的，而"归白社"和"到青门"是动宾结构，如我们所言，一般情况下是不分开的。我们不明了王先生为什么认为(31b)是"三二"而不是"二三"。(31c)用我们的说法是两个无标主题串，大主题分别是"茅茨因为疏而易湿""云雾因为密而难开"，分明是"二三"的句行。(31d)在语意上和语法上都可能有多种解释，梅祖麟和高友工在一篇叫《论唐诗的语法、用字与意象》(1974b)的论文里曾有详细的讨论，此处不赘。此联两句多义的关键之一是"咽"和"冷"字是否为及物动词。但不论它们是当及物动词还是不及物动词，"泉声"和"日色"都是大主题，所以最不偏不倚的念法还是"二三"。

(32)"四一"

  a. 郧国稻苗—秀,楚人菰米—肥。(王维《送友人南归》)

  b. 鹤巢松树—遍,人访荜门—稀。(王维《山居即事》)

  c. 寻觅诗章—在,思量岁月—惊。(元稹《遣行》)

  d. 娃女临波—日,神光照夜—年。(杜甫《覆舟》)

  e. 辩士安边—策,元戎决胜—威。(杜甫《西山》)

(32a)和(31a)的句式是一样的,也是由两个双主题单句组成的。如果我们前头的论证正确的话,(32a)也应在大主题和次主题中间断句,很明显地也是"二三"的句式。(32b)是很有趣的句式。照正常的词序应该是"鹤遍巢松树,人稀访荜门",以"鹤"与"人"为大主题而用"遍"与"稀"来修饰动词"巢"和"访"。准此而言,则此联实可认为是"一四"句式。王先生在此把它析为是"四一"主要是因为,"遍"和"稀"被移到句尾,在语意上有使它特别明显的用意。① (32c)也是比较特别的例子。严格地说,上下两句在句式上并不相同,上句说"诗人寻觅诗章而诗章还在",下句说"诗人思量岁月而诗人惊"。上句为兼语式;下句却是无标主题串。不过,就意义节奏来讲,两者却都是"四一"式。(32d)的上下两句都只是复杂的名词组,而不是完整的句子。前四字组成关系子句用来修饰第五字的名词,所以念成"四一"是可以的。但是因为关系子句很长,所以在念的时候,也允许子句的大主题单独成一个单位而念成"二三"句式。(32e)两句的前四字是第五字的同等语,所以照一般的念法,其节奏亦应为"四一"。但同等语的结构复杂,所以其中的大主题"辩士"和"元戎"单独挑出

---

① 王力先生自己的解释是这两个词有点像现代汉语里出现在动词后的补语,好像是说"巢得遍""访得稀"。

来念,也是可以的,所以跟(32d)一样也可以有"二三"的念法。

(33) "一四"

a. 味—岂同金菊,香—宜配绿葵。(杜甫《佐还山后寄》)

b. 静—应连虎穴,喧—已去人群。(杜甫《题柏大兄弟山居屋壁》)

c. 喜—无多屋宇,幸—不碍云山。(杜甫《茅堂检校收稻》)

我们对(33)各句的分析与王力先生一样。(33)各句都是"一四"式的好例子。

综合以上的讨论,我们可以列表比较如下:

	王	曹
(25)	二一二	二三
(26)	二二一	二三
(27)	一二二	一二二
(28)	一三一	一三一
(29)	一一三	二三
(30)	二三	二三
(31)	三二	二三
(32)	四一	四一或二三
(33)	一四	一四

从上表我们可以明显看出大部分的五言诗句,如果照我们的分析都是符合"二三"的大原则的。例外不是没有,而是为数极少。这个结论和绝大多数人对唐诗语言的语感是一致的。

(二) 七言诗句

至于七言诗方面,王先生没有讨论。坊间庄严出版社出版的《古典诗歌入门与习作指导》一书有一节关于七言句式的讨论,并列有若干例子。其中有关"四三"以及上四下三进一步的讨论大致尚称妥帖,只是有关特殊句式的处理则颇有问题。兹特将有问题的句子抄录于后并提出我们的看法。

(34) "二五"

　　五更—鼓角声悲壮,三峡—星河影动摇。(杜甫《阁夜》)

(34)上下两句各是叁主题单句,大主题为"五更""三峡",次主题为"鼓角""星河",叁主题为"声"与"影",照我们的分析是在大主题与次主题,次主题与叁主题,或叁主题与评论之间作顿皆无不可。换句话说,将(34)析为"五二","四三"或"二五"①皆无不可。只是七言诗既然以"四三"为主,在没有特殊必要的情况下,我们仍然主张以在次主题与叁主题中间做顿为好;也就是说,(34)应该分析为"四三"式。

(35) "五二"

　　永夜角声悲—自语,中天月色好—谁看。(杜甫《宿府》)

颇有些学者受王力先生的影响把(35)两句都析为"五二"句式。②其实这是不对的。(35)两句都是双主语无标主题串,双主题分

---

① 简明勇先生《律诗研究》(1968:161)认为这是"二五"的句式。
② 除了《古典诗歌入门与习作指导》之外,还有简明勇《律诗研究》及余光中《中国古典诗的句法》(1968)。

别是"永夜""角声"与"中天""月色",主题串各有两分句,分别是"悲"和"自语","好"和"谁看",邱燮友先生在《新译唐诗三百首》中的语译是这样的:"整夜不时地传来悲凉的角声,似乎在我耳边不停地自言自语着;天上的月色美好,又有谁去欣赏呢?"(1973:279)。这一段语译除了因为添加了"传来"等,而使"悲"由形容词变副词外,基本上是很正确的。如果以上的分析合理的话,那么(35)也应该是"四三"句式而不是"五二"。换句话说,这两行的句法分析应该是"永夜角声""悲""自语"与"中天月色""好""谁看"。

(36) "六一"

    a. 却从城里移琴—去,许到山中寄药—来。(贾岛《送胡道士》)

    b. 忽惊屋里琴书—冷,复乱檐边星宿—稀。(杜甫《见萤火》)

(36a)两句的主要动词为"携"和"寄",刚好都在第五个字,动词前为副词性词组;动词后为宾语和方向补语"去"和"来"。把它分析成"四三"句式,应是顺理成章之事,该书硬指其为"六一式",不知有何根据?(36b)结构较复杂,"忽"和"复"为副词修饰动词"惊"和"乱"。动词后为"宾语子句",所以这一行上下两句都是"二五"。指其为"六一"不知所据为何?

(37) "一四二"

    鸟—在寒枝栖—影动,人—依古堞坐—禅深。(陆龟蒙《寒夜同袭美访北禅院寂上人》)

该书把(37)析为"一四二"显然认为"在寒枝"和"依古堞"分别修饰"栖"和"坐",单独来看这似乎很合理,但如就整句来看则颇有问题,因为下句在把"人依古堞坐"除去以后的"(人)禅深"似乎没有意义。但如果把"在"和"依"当动词而以"在寒枝"和"依古堞"为分句,则可析为"鸟在寒枝,栖影动"和"人依古堞,坐禅深"分别以"鸟"和"人"为大主题下面带领两个分句,句句都有意义。基于此,我们认为"四三"的分析要比"六一"为佳。

总结来说,不论是五言或七言,诗句的散文节奏还是趋向于符合诗的韵律节奏的。不符合的情形多半是为了迁就平仄的诗律,或为了特殊效果而故意不遵循语法常规。如果说某一语言的散文韵律和诗的韵律大部分不符,这是很难令人相信的。

四、主题的选择与诗意的传达

(一)主题的信息功能及言谈功能

从信息的分布来看一个句子,我们很容易就会发现大部分的句子都遵从已知到未知,从旧的信息到新的信息的原则,而把最新的信息置于句尾使成信息焦点。在英文是如此,在中文更是如此。主题既然都出现在句子前头,当然都表示已知或旧的信息,而相对的评论部分则表达未知或新的信息。试比较下面(a)(b)两句:

(38) a. 他念完了《唐诗三百首》了。
　　　b. 他《唐诗三百首》念完了。

(38a)的新信息在《唐诗三百首》,所以合适于回答:"他念完什么了?"而(38b)的新信息在"完了",所以合适于回答:"他《唐诗三百首》念得怎么样了?"(38)的两句是单句。其实复句的情形也是一样:出现在前的分句代表旧的已知的信息;而出现在后

面的,尤其是最后的,则代表新的信息。试比较下面两个复句:

(39) a. 这棵树,花小,叶子大,我不想买。
　　　b. 这棵树,我不想买,因为花小,叶子大,很难看。

(39a)很明显地比较强调结果部分的"我不想买";而相反地(39b)则比较强调原因部分。

主题除了在句法上、在信息分布上有它的功能之外,在篇章结构上也有很重要的功用。笔者在《国语主题的功能研究》(Tsao 1979)一书中曾根据实际的言谈资料做过初步的探讨。现择其要者简述于后。

1. 对比功能:句子的主题因为在句子中有固定的位置,所以也常有对比的作用。请看下面的例子:

(40) 饭不吃了,菜再多用一些。
(41) 台北啊,吃很好,住稍微差一点。
(42) 衣服啊,新的好;朋友啊,旧的好。

从上面的例子我们不难看出,不但大主题、次主题可以对比,大主题与次主题也可以同时与别句的大主题与次主题产生对比。

2. 连贯功能:主题既然是一句话所要谈的"事",那么它跟一段文章所要谈的"事",也就是它的主旨之间一定有密切关系。因此,一段文章是否前后连贯,跟主题的选择也有密切关系。职是之故,一首诗的诗旨也应与其中各句的主题有密切的关系。

3. 顶真功能:主题因为出现在句子的前头而且又是句子所要谈的"事",所以偶尔有顶真的作用。请看下面的例子。

(43) 甲:张大维昨天又到香港去了。
　　　乙:香港啊,我已经有二十年没去了。

(44) 他昨天开车经过淡水,但他没有停车去看他妈妈。她已经九十多了,一个人住在淡水乡下。

有时候,这种有顶真作用的主题并没有使用完全一样的字词,这种情况在古典诗里很多,我们管这种情形叫"语意顶真"。

明了了主题——包括大主题与非大主题——的信息与交谈功能,我们就可以进一步谈这些功能和诗意传达之间的关系。因为对比功能和连贯功能与诗意的关系最密切,所以下面各有一节专谈其中之一,至于信息与顶真功能,我们在实例分析时会提到。

(二) 主题的对比功能与诗旨

1. 联中的对比

唐宋诗中对偶盛行。在一联中的上下句用主题对比的情形俯拾皆是。下面只举十来个例子以见一斑:

(45) 露从今夜白,月是故乡明。(杜甫《月夜忆舍弟》)
(46) 明月松间照,清泉石上流。(王维《山居秋暝》)
(47) 泉声咽危石,日色冷青松。(王维《过香积寺》)
(48) 有弟皆分散,无家问死生。(杜甫《月夜忆舍弟》)
(49) 草枯鹰眼疾,雪尽马蹄轻。(王维《观猎》)
(50) 红颜弃轩冕,白首卧松云。(李白《赠孟浩然》)
(51) 绿垂风折笋,红绽雨肥梅。(杜甫《陪郑广文游何将军山林》)
(52) 家住层城邻汉苑,心随明月到胡天。(皇甫冉《春思》)
(53) 人世几回伤往事,山形依旧枕寒流。(刘禹锡《西塞山怀古》)

(54) 玉玺不缘归日角,锦帆应是到天涯。(李商隐《隋宫》)
(55) 残星几点雁横塞,长笛一声人倚楼。(赵嘏《长安秋望》)
(56) 春蚕到死丝方尽,蜡炬成灰泪始干。(李商隐《无题》)
(57) 回日楼台非甲帐,去时冠剑是丁年。(温庭筠《苏武庙》)
(58) 青枫江上秋帆远,白帝城边古木疏。(高适《送李少府贬峡中王少府贬长沙》)

由以上的例子,我们可以很明显地看出主题,不论是大主题或次主题,经常可以拿来对比,以使语意特别鲜明突出。当然,我们所谓的"对比",是很广义的说法。它可以包含真正的"对照",如(50)的"红颜"对"白首",(57)的"回日"对"去时",(53)的"人世"对"山形"。但有很多时候,所谓"对比"其实在语意上来讲,只是并列而已。如(47)的"泉声"对"明月",(58)的"青枫江上"对"白帝城边","秋帆"对"古木"。①

2. 通首的对比

以上只是就一联之中的二句主题产生对比的情形加以论列。其实,整首诗中用主题产生对比的情形也有一些。这在前一章的讨论中曾举有数例,今择其三再从主题对比的观点加以详析。

(59)《回乡偶书》 贺知章
　　少小离家老大回,乡音无改鬓毛衰。
　　儿童相见不相识,笑问客从何处来。

---

① 例(58)分明是一联分咏"李少府"和"王少府"。因为李少府贬峡中所以用"白帝城边",王少府贬长沙所以用"青枫江上",并没有真正对比的意思。关于对偶句此一功能的进一步讨论请看第叁章。

第一、二行的大主题都是诗人自己,所以不必明言。第一行中的"少小"与"老大"两个次主题对比,点明了时间的差异。第二行承上,但是改用"乡音"和"鬓毛"两个次主题来对比,指出这几年里头,何者已改,何者未变。第三行一转,转入另一个大主题"儿童",第四行承上,沿用同一大主题,只是问句中提及另一个大主题"客"并问客人是从什么地方来的。这个"客"字下得高妙,在结构上回扣前半的主题,同时也暗含主客易位的反讽,使得全诗趣味盎然。诗人在家乡本来应该是乡贤或元老,但因为多少年在外营生所以儿童都要认他为客人了。另外有一点很值得注意的是,本诗除了大主题前后对比之外,在语法结构上也前后对比:前半多主题,诗的结构松,节奏较缓;后半少主题多动词,结构较紧,节奏较快,分别象征着回乡客的老成、历尽沧桑与儿童的天真烂漫。

下面一首在对比的运用上也有异曲同工之妙。

(60)《泊秦淮》 杜牧
　　烟笼寒水月笼沙,夜泊秦淮近酒家。
　　商女不知亡国恨,隔江犹唱后庭花。

诗人一开始就用"烟"和"月"作大主题,为此诗制造了适当的气氛。然后说自己的船在夜里泊"近酒家",把"酒家"置于句子最后,一方面使它突出新信息,一方面可以很自然地过渡到第三行的大主题"商女",产生我们前头所说的"语意顶真"。这在唐宋古典诗严格要求避免字句重复的情况下是一个很好的办法。虽说第三行的大主题"商女"是由第二行的"酒家"过渡而来,但这两行的主题却是不同的:第二行是诗人自己,第三行是"商女",而这个不同在此产生对比。第四行沿用"商女"的大主题,说他们"隔江犹唱后庭花"。安个次主题"隔江"在这里很有意思:它提醒了读者,虽然"诗人"和"商女"实际差距并不远,但他们却代表两种截然不同的心态——诗人代表的是客观的、理智的、有历史感(注意第四行的"犹"以及"后庭花"的典故)、忧国伤时的;而"商女"却代表着"不知不觉"的、沉迷于声色之娱的、只活在现时现世的。就是这种强烈的对比使得本诗产生很大的震撼力,感动千古敏感的心灵。

就像单行或一联中时常有时间的对比,整首诗绕着这点对比而设计也有不少,今只举一例为证。

(61)《题都城南庄》 崔护
　　去年今日此门中,人面桃花相映红。
　　人面不知何处去,桃花依旧笑春风。

首先我们要说明中文在谈到"现在"时往往因为可以由上下文推知而不特别指明,这一点在比较句里可以明显地看出来:

(62) a. 我比昨天舒服多了。
　　　b. 我今天比昨天舒服多了。

(62a)(62b)两句语意显然是一样的,但(62a)句因为把"今天"省略了,所以表面上看起来似乎有点不合逻辑。在诗里因篇幅极有限,所以"现在"更是经常略而不提。在(61)里的前两行,大主题很明显的是"去年今日",次主题是"此门中",叁主题是"人面"和"桃花",并且把评论部分"相映红"放在第二行最后押韵处,使这个信息成为突出的焦点。第三行、第四行的共同大主题都是"现在",在此略而不提;次主题:"此门中"也承前省略;叁主题则分开来提——第三行说"人面",第四行说"桃花",因为他们的状况已自不同——"人面"不见了,而"桃花"仍然笑春风。在前半他们相提并论而在后半分而言之,这更能突出"物"是"人"非之感,而且由于大主题的对比——"去年"比"今年"——更使我们感到在短短的一年当中变化如此之遽。"时"变"地"不变,"物"依旧"人"不见。有同有不同,有变有不变,正是使用对比最好的题材,而这一点诗人崔护把握得恰到好处。

3. 主题的连贯功能与诗旨

主题既然在诗意的连贯上起了很大的作用,好诗在这方面的选取和安排就不能不下一番功夫。下面我们就来看看一些好例子。为了说明方便,我们分绝句和律诗两部分来谈,先看绝句。

(63)《柳》 罗隐

<u>灞岸</u>晴来送别<u>频</u>,相偎相依不胜春。
自家<u>飞絮</u>犹无定,争解<u>垂条</u>绊路人。

这首诗虽然只有二十八字,但在咏物诗中可以算是很成功的例子,而它的成功有一大半应归功于主题和句式选择的恰当。诗的开头第一行就用处所词和时间词来引进柳的最大功用——送别。把处所词"灞岸"置于句首当大主题尤其高妙,因为"灞岸"在中国的诗词传统中和"人""柳"与"送别"都有密切关连,而这三者的关系正是本诗的主旨所在。用"灞岸"一语,虽未明言柳而柳踪已现。第二行就紧接用三个分句——"相偎""相依"与"不胜春"——来描述离别的情景。把"不胜春"放在句尾信息焦点的位置不但能点出时令,而且也特别突出离情的浓密。此句一语双关,造语巧妙,一方面指柳,一方面暗指人。但不论是指柳指人,由这里转进第三行都很好,因为第三句的"无定飞絮"象征离别,所以无论就柳或就人而言都可以有个很自然的过渡。经过这一层曲折,带出了次主题"柳絮",接着并引出了第四句的次主题"长条",最后把信息焦点放在"绊路人"上,这样的设计很巧妙,"人"除了可以跟"春"押韵之外,还可以使"柳"跟"人"的关系(柳想用柳条绊住人,或是柳所代表的人想用类似柳条的东西来绊住即将远行的人)突出,回应第一行的大主题"灞岸",首尾衔接得天衣无缝。

再看这首李白的《忆东山》如何用主题的安排来传达它的诗意。

(64)《忆东山》 李白
不向东山久,蔷薇几度花。
白云还自散,明月落谁家?

诗的第一行先以诗人自己为大主题(此处省略),说他已好久没去东山,把"忆东山"的诗题先点明了,然后用"蔷薇几度花"承上说明"久"字,这句的主题"蔷薇"用得很好,不但可以用来间接点出时间的久,也渐把"有我"之境带入"无我"的世界。所以在第三句以后索性转入大自然无生物世界的"白云"和"明月",把"有我"之境带入"无我"的世界。但即使在这个无生物的世界里,还是可以隐隐约约看到诗人的影子——提到"白云"却说它们"还自散",说到"明月"却关心它"落谁家"——因为这个世界是活在诗人的回忆里的,所以"看似无情却有情",很有禅趣,耐人寻味。

在有生物主题与无生物主题的安排上,下面一首也很高妙。

(65)《滁州西涧》 韦应物
独怜幽草涧边行,①上有黄鹂深树鸣。
春潮带雨晚来急,野渡无人舟自横。

近人富寿荪在其与刘拜山合著的《唐人绝句评注》里引用了明代

---

① 留传的唐诗刻本多本作"生"字,但据明何良俊《四友斋丛说》,韦应物曾手书本诗,刻在太清楼帖中,"生"字本作"行",今据此改。

敖英《唐诗绝句类选》称赞本诗的话说:"沉密中寓意闲雅,如独坐看山,澹然忘归。"这话固然不错,但并未道出其中经营的奥妙、诗人的慧心。我们从主题的安排上可以看出,第一句的主题是诗人自己;第二句引进了主题"黄鹂"并且说它"鸣",第三句转入无生物的"春潮"和"雨"并用"急"点出声响,最后由"春潮"带出了"野渡"和"舟"并且说两者皆无人。这四句渐进的情形可以简单的用下表说明:

人→有生物、有声→无生物、有声→无生物、无声

换句话说,这也是诗人用巧妙的安排把读者从有人之境渐渐带入无人之境,所以读来闲雅自然。除此之外,合句巧妙的反讽——在读者认为有人的地方却说无人,而要人操持的小舟却说它"自横"——也助长了全诗宁谧气氛的塑造。

下面一首绝句的安排与上一首又各自不同,请看:

(66)《江雪》 柳宗元

千山鸟飞绝,万径人踪灭。
孤舟蓑笠翁,独钓寒江雪。

笔者在第一章论"绝句的结构"中曾举此诗为例,说它的第三句转句把诗境从远处的描述拉到立即的焦点。这一点也可以从主题的选择看出来,从第一句的"千山"、第二句的"万径"缩小成第三句的"孤舟蓑笠翁"的焦点镜头。这一点效果在第三句达到高潮,因为第三句整个就是这么一个镜头而别无其他的动作。但从另一个角度来看,本诗的效果有一半来自首句的主题与评论间矛盾所产生的张力。第一句的主题"千山"与"鸟飞"使人预期一个广大而热闹的景,但评论却只道出个"绝";第二句也有同样的效果。等到第三句"主人翁"终于出现了,以为这一下该有所

"大作为"了吧,而诗人却在合句说他"独钓寒江雪"。本诗在短短的三句话里能带给读者这么大的震撼力,除了布局之妙外,由每一句主题与评论间的矛盾所产生的巨大张力,也是主要原因之一。

最后我们来看看这首苏轼的绝句:

(67)《和人东栏梨花》 苏轼

　　　梨花淡白柳深青,柳絮飞时花满城。
　　　惆怅东栏一株雪,人生看得几清明。

《诗学义海》的作者说:"他明明咏的是梨花,可是说梨花先以柳作陪衬,结果所谓东栏一株雪还是专说梨花。这以严格的诗律而论,好像有点不合。"(页195)这话固然不错,可是诗律是为一般人而设,不是为苏轼专有。这并不是说苏轼能完全弃诗律于不顾,而是说像苏轼这样有才华的诗人,往往可造出看似不合律而事实上合律的构局。这话怎么说呢?我们先来看看这首诗。本诗的第一行有两个对等的句子,主题分别是"梨花"和"柳"。这给人的感觉好像是作者有意写这两样东西或是这两者之间的关系,而诗题却只说梨花所以会有不合律的感觉。但仔细再看看,第一行的两个主题看似对等,其实未必。因为"梨花"在前而"柳"在后,就主题而言,最重要的总在前。在中国话里说"王小姐和张三丰去看电影"和"张三丰和王小姐去看电影"说的不是同一件事。前者说的是"王小姐",后者说的是"张三丰"。回到原诗第一行。这里,中国人的语感里,会认为说的是"梨花";这种主客的区别在第二行里更加清楚。第二行里"柳絮"一句居于客位因为它的作用只在点明时间,主要信息却在"花满城"。这个部分刚好又落在第二句的句尾押韵部分,所以格外醒目。第三行事实上跟《江雪》的第三行一样只点明了主题,而把评论部分整个放在第四行,只是七言绝句有时在第三行开始加两字的按语如"可怜""惆怅"等,来表明诗人的心态。用一整行来点明主题在这里格外有必要,因为这可以收"拨雪见树"之效。前面即使有话题不清楚的地方,在这里也可以一扫而空。由此可见,诗律只是一般性的大原则,其中运用之妙,还得靠诗家匠心独运。

我们再看律诗。

(68)《送友人入蜀》 李白
　　见说蚕丛路,崎岖不易行。
　　山从人面起,云傍马头生。
　　芳树笼秦栈,春流绕蜀城。
　　升沉应已定,不必问君平。

这一首诗一开头用"见说"引出了"蚕丛路"——入蜀的道路,并且说它"崎岖不易行"。语法上讲,"蚕丛路"是主题,后面跟着两个分句形成无标主题串,而整个主题串当"说"的宾语。再由"不易行"引出了颔联两句。这里的大主题"山"和"云"下得很高妙。一来它给人的感觉是先见山壁,再看到"从人面起";先见到"云"再看到"傍马头生",可见山有多陡峭,而人马又如何在云雾中爬行;二来颔联的两个主题"山"和"云"和颈联的主题——"芳树"和"春流"也成对比。光从主题的选择就可以看出峰回路转,崎岖的山路已转入较平坦的路面,景物也跟着开朗起来。这样的安排一方面是根据地理的事实——走秦栈入蜀得先通过很难走的山区,然后才进入四川盆地;一方面也含有否极泰来这层安慰的意义。再纯粹从句型的角度来看这两联,我们发现颔联用的是双主题单句,主要动词在句尾,而颈联两句用的是单主题及物句,主要动词在句中。中间两联用的句型不同,避免单调。

尾联问到了人事的问题,所以用"升沉"为大主题,领出了含有两个分句的主题串,并且把"君平"很妥帖地安排在句尾信息焦点的位置,因为"卜者君平"为蜀人,入蜀而问蜀之卜者,再贴切也没有了。用"升沉"这个主题,也有意无意地接应中间两联的描述,符合"大主题"的另外一项言谈功能——顶真,使整首诗密切地联结在一块,是以虽为酬酢之作,却也是不可多得的好诗。

在主题的选择和句法的安排上,下面一首也有甚多过人之处。

(69)《过故人庄》 孟浩然
　　　故人具鸡黍,邀我至田家。
　　　绿树村边合,青山郭外斜。
　　　开轩面场圃,把酒话桑麻。
　　　待到重阳日,还来就菊花。

这首诗虽然说的是一件极平常的事——故人邀约到庄上作客,把酒言欢之后定好重阳再聚,但因为用词巧妙,造句自然流利,所以是孟诗中最为人称颂的作品之一。诗人一开头先道出拜访的缘由,所以用"故人"这个主题,并在第二分句用兼语式复句把"我"这个主题也引出来。颔联两句是静态的描写远景,所以各用双主题单句——分别以"绿树""青山"为大主题,而以处所词"村边""郭外"为次主题。颈联两句各为无标主题串,大主题"我们"因已知而省略,两句各有两个动词,一联共四个动词,是动态的描述,而且把有田庄风味的"场圃"和"桑麻"置于句尾信息焦点处,读来亲切。所以中间两联在语意上一静一动、一远一近,并且在句型上也产生对比以互相配合,更可以免除重复单调;所以虽然只有二十个字,却读来亲切自然,当时的情景历历在目。

主客欢聚之后，下一步当然是定后会之期，所以尾联很自然地就引出了主人后会之约——重阳赏菊。把"重阳日"和"菊花"放在句尾也是很有意思的安排。"菊花"有"君子"的联想，标示了主人的高格调，落个"就"字在此也是诗人用字高妙之处，益显主人格调之不俗，前人已多所提及，此处不赘。"重阳"也是很好的选择；一来重阳赏菊正是时候，很容易带出警策的合语——"还来就菊花"，二来它跟前头的描述在时令上配合得很好，因为"绿树""青山"和"桑麻"都显示季节在春夏之交或盛夏，后会之期在"重阳"是很恰当的。

　　七律之中在这方面有杰出表现的也甚多，因限于篇幅，我们举两首为例。

　　(70)《客至》　杜甫
　　　　舍南舍北皆春水，但见群鸥日日来。
　　　　花径不曾缘客扫，蓬门今始为君开。
　　　　盘飧市远无兼味，樽酒家贫只旧醅。
　　　　肯与邻翁相对饮，隔篱呼取尽馀杯。

杜甫这首诗写的是客来的喜悦，也兼写乡间生活的野趣；所以一上来就写自己的寒舍，安了"舍南舍北"两个主题，且用"春水"围绕来形容周遭的环境并点明季节，也可以很自然地带进"群鸥日日来"的描述。落个"但见"已暗示少有客人来访。颔联两句分别用"花径"和"蓬门"为主题，非常恰当，正合中国人的"扫径以待"和"开门迎客"。但为了表示乡居客人突访所带来的喜悦，所以特别说"花径""不曾缘客扫"而"蓬门""今始为君开"，常中带奇，而"常"处出现于主题，"奇"处出现于评论，又充分符合造句法的功能原则。客既来，按照中国人的礼俗，理应准备最好的酒食以待客。所以接着用"盘飧"和"樽酒"为颈联的主题，也是上好的选择。但诗人一方面为了自谦,一方面为了表示乡居实在的情形,所以说因为"市远"而"无兼味",因为"家贫"而"只"有"旧醅",两句中各夹个分句"市远"和"家贫",一方面道出了乡居没有盛餐美酒以待客的原因;一方面也可以使颈联两句在语法结构上和颔联两句有所不同,避免太多重复而显得太平直单调。但如果全诗就停在这里,那么也不见得有什么奇特之处。一来只提粗酒淡饭,固然符合主人身份,但就诗意而言是停在"低潮";二来诗写到现在都是从主人的观点来铺陈,在观点上嫌少变化。因此,尾联改换观点,以客人为主题,说他很随和,愿意和邻翁相对饮。这一点也完全符合中国人的传统——主人要自谦,要把荣誉留给客人。最后一句更是常中出奇,点出乡居的野趣——宴饮固不必同桌,也不必事先约定,各适其所地"隔篱"对饮。所以尾联两句一方面转由客人的观点着笔,在观点上得到平衡;一方面常中出奇,使全诗在高潮处结束,真有画龙点睛之妙,读来余味无穷。

(71)是李商隐的杰作,在主题的选取和诗句的安排上也很有成功之处。

(71)《隋宫》 李商隐
　　紫泉宫殿锁烟霞,欲取芜城作帝家。
　　玉玺不缘归日角,锦帆应是到天涯。
　　于今腐草无萤火,终古垂杨有暮鸦。
　　地下若逢陈后主,岂宜重问后庭花。

综观这一首诗,其主旨在于指陈隋炀帝沉于玩乐疏忽了国事而终遭亡国之痛。诗名"隋宫",所以一上来就用"紫泉宫殿"为主题,说它因为炀帝不在而"锁烟霞",所以接着道出造成这一个事实的原因——炀帝要把"帝家"搬到扬州城去。"玉玺"关乎一国之兴亡,而"锦帆"又为炀帝玩乐的主要交通工具,所以颔联接着提到了"玉玺"和"锦帆"两个主题,说"玉玺"如果不是因为天意而落到唐高祖手里,炀帝的"锦帆"应该可以游遍全国,不只是到了扬州而已。用"玉玺"为上句的主题,还有我们前头所说"语意顶真"的作用,可以很自然地从"帝家"过渡而来。颈联两句用了两个与炀帝有关的典故来委婉道出评论。这两个典故分别是:一、炀帝大业十二年征得萤火数斛,夜游时放出,把整个山谷都照亮了;二、炀帝种垂杨并赐姓"柳"之事。因为此一联含有怀古之意,所以就分别用"于今"和"终古"作为大主题,而用"腐草"和"垂杨"两个处所词为次主题,说现在在腐草里已找不到当年遍放光明的萤火——当年的盛事也不过是流星一闪而已;而垂杨树尽管还在,但如今也只见暮鸦栖息其上而已。"于今"和"终古"两个大主题下得恰到好处,也正是地方,难怪金圣叹(1985)要赞赏不已说:"'于今',妙,只二字便是冷水兜头蓦浇。'终古',妙,只二字便是傀儡通身线断,直更不须腐草垂杨之十字也。"诗人在尾联下结语,但不以直述句出之,而改用虚拟句法发问,并以反问句回答,在句式上呈现变化之能,在语意上收委婉之效。而且在主题的选择上回到以炀帝为大主题,与第二行的"欲取",第三行的"玉玺"(你的玉玺),第四行的"锦帆"(你的锦帆)相呼应,说:"你如果在地下再遇到陈后主,哪里还好再问舞'玉树后庭花'的那件事呢?"虽然语含讽刺,但以虚拟句法委婉出之,并不嫌孟浪。综观该诗在句法和语意上婉转曲至,摇曳多姿,实乃咏古诗不可多得之佳构。

最后,我们想比较秦韬玉和李山甫的《贫女》诗来结束这一段的讨论。① 我们选这两首,一来因为它们题目相同、性质相近易于比较;二来因为这两首里都可以看出主题的连贯以及对比功能的使用。

(72)《贫女》 秦韬玉
蓬门未识绮罗香,拟托良媒益自伤。
谁爱风流高格调,共怜时世俭梳妆。
敢将十指夸针巧,不把双眉斗画长。
苦恨年年压金线,为他人作嫁衣裳。

(73)《贫女》 李山甫
平生不识绮罗香,闲把金簪益自伤。
镜里只应谙素貌,人间多是重红妆。
当年未嫁还忧老,终日求媒即道狂。
两意定知无处说,暗垂珠泪滴蚕筐。

我们先分析秦韬玉的那一首,再把它和李山甫的比较一下,就可以清楚看出孰优孰劣了。秦诗一开始就用了"蓬门"这个大主题,这是很恰当的选择,因为"蓬门"点出"贫户",而且"蓬门"与"绮罗"(宾语子句的主题)相对,一贫一富已暗点出诗的主旨。第二行平接上去,说贫女已至适婚年龄,所以也想"托良媒"介绍好对象。不过,在想的同时也"自伤"。在这里,"托良媒"与"自伤"之间有某种程度的"反讽"存在,因为一般人总以为有"良媒"婚事就可以解决;而事实上,"良媒"之外,自身的条件,或者说得更清楚一点是对方所看到的你的条件,也非常重要,也因为有这层转折,所以带出颔联的"谁爱"和"共怜"来了。颔联的大主题

---

① 傅庚生《中国文学欣赏举隅》(1976)一书,在"练字与度句"一章中也曾对这两首诗加以比较,请参看。

是"谁"而颈联却是"我",只是因为整首诗是以"贫女"的口气说的,所以"我"略而不提。这两联的人我对照也是从首行的贫富对照延伸而来的。"贫女"自认"风流高格调";而在世俗的眼光中,她充其量也不过是"俭梳妆"罢了。"贫女"自以为"十指""针巧"超人一等,而别人却只欣赏"双眉""画长"。注意在这一联中因为用"将"和"把"字式,所以次主题"十指"和"双眉"双双被置于对比的位置,使这两个意象更形突出。同时"针巧"和"画长"也出现在焦点信息的位置,所以对照之下意义格外明显。尾联道出了引起"苦恨"之事以作结——"年年压金线,为他人作嫁衣裳"。注意这里的次主题"年年"和"为他人"。"年年"表示"芳华虚度",而"为他人"更和"作嫁衣裳"产生更深一层的反讽。"作嫁衣裳"本来在贫女的情形是一件很值得高兴的事,可是"为他人"而作却是件悲伤的事。这里的趣味有点像现代人说的:"我的女朋友结婚了,可是新郎不是我。"这件事本身已经够悲伤了,更何况"年年"如此呢?尾联用"压金线""作衣裳"于句尾,回扣到颈联的"十指夸针巧"以及首联的"未识绮罗香",使整首诗连成一气。综观全诗,以"人""我"的对比为纬,以贫女之长为经,贯穿全局,再加上用通俗的字汇和句型如"将"和"把"字式,符合贫女的口气,难怪能脍炙人口,流传不绝。

再回头看看李山甫的这一首。全诗虽然也有可取之处,但与秦诗一比,高低立见。首联"平生"就没有"蓬门"高明,同时也失去了与"绮罗"对比的这一层意义,第二行的"金簪"来得突然且和"贫女"的身份不合。颔联是最好之处,"镜里""人间"两个主题下得好。"贫女"的观点和世俗的看法很鲜明地显现出来了。句尾的"谙素貌"和"重红妆"也算妥帖,可惜颈联承接乏力。尾联只是"自伤"的延续并无太多新意。在句尾(也是诗尾)用个"蚕筐"虽然不算离题,但一来前面几行都没有接应的地方,二来

"蚕筐"与"绮罗"的联想距离比秦诗的"嫁衣裳"远得多,所以李诗在整首的一贯性上显然比秦诗差得远了。而究其原因主要的是主题的选择与安排未能首尾一贯有以致之。

4. 主题与倒装句

中文里因为凡是主题都可以提前,所以严格地说像(74)、(75)这样的句子都不能算是倒装句:①

(74) 花径不曾缘客扫,蓬门今始为君开。(杜甫《客至》)

(75) 衣裳已施行看尽,针线犹存未忍开。(元稹《遣悲怀》三首之二)

真正的倒装句应该是像(76)这样的句子:

(76) 画壁馀鸿雁,纱窗宿斗牛。(孙逖《宿云门寺阁》)

这一类倒装句,王力(1947)以及梅祖麟与高友工(1974b)都曾论及,此处不拟详谈。在此,我们只想从主题的观点来谈谈下面常为人争议的四行:其中二行为王维的,二行为杜甫的。我们先看王维的二行:

(77) 竹喧归浣女,莲动下渔舟。(王维《山居秋暝》)

刘若愚(1962,1980)和王力(1947)都曾提到这两行诗,也都认为它们是倒装句。刘先生认为最自然的顺序是"渔舟下而莲动,浣女归而竹喧"。"莲动"和"竹喧"置于句首是为了先呈现结果的印象,然后道出原因,以制造悬宕。至于"渔舟下""浣女归",则没有说明理由。我们赞成刘先生和王先生的看法,认为正常的顺序是"渔舟下而莲动""浣女归而竹喧";但我们认为,"莲动"

---

① 王力先生因为没有用"主题"的观念,所以对于像本文稍后马上讨论到的王维诗句(78)"柳色春山映,梨花夕鸟藏",也认为是宾语倒装(1972:256)。

"竹喧"提前最主要的理由是因为"莲"和"竹"在这首诗里是最佳、最贴切的主题。这首诗为"山居秋暝",而山上有"竹",秋天有"莲"。这两个主题连同颔联的四个"明月""松间""清泉""石上"都很自然,很能入诗。王维因为本身是个画家,所以在主题的选择方面也特别用心。这在下面三个王力先生认为是倒装的句子也可以明显地看出来(1947:255):

(78) <u>楚塞</u>三湘接,<u>荆门</u>九派通。(王维《汉江临泛》)
<u>柳色</u>春山映,<u>梨花</u>夕鸟藏。(王维《春日上方即事》)
<u>方朔</u>金门侍,<u>班姬</u>玉辇迎。(王维《早朝》)

王力先生认为这三个都是宾语倒置的例子;我们只认为那是主题提前,而提前的理由是为了使句中主题与诗旨配合得更密切。

至于选用"下渔舟"与"归浣女",是基于另一个相关的考虑,就是要把"渔舟"和"浣女"放在信息焦点的位置,以便这两个意象突出。另一个可能的考虑是为了使颔联和颈联的句式不同。颔联两句"明月松间照,清泉石上流"的句式是双主题单句,动词在第五字。如果颈联用"竹喧浣女归,莲动渔舟下",那么动词也在第五字,在句式上太接近了。

现在再让我们来看看比(77)争议更多的两行杜诗:

(79) 香稻啄馀鹦鹉粒,碧梧栖老凤凰枝。(杜甫《秋兴八首》其八)

王力(1947:256)认为这是倒装句,并且说其妙处在"可解与不可解之间"。梅祖麟和高友工(1974a)则引用前人的看法,认为可以归纳成下面两种解释:第一,这是由(80)倒装而来:

(80) 鹦鹉啄馀香稻粒,凤凰栖老碧梧枝。

第二,这基本上是由一个像(81)这样的主题—评论句,经过局部倒装而成：

(81) 香稻，鹦鹉啄馀之粒也；碧梧，凤凰栖老之枝也。

陈渊泉(Chen 1980:17)是从诗的节奏的观点来讨论这两行。如我们前面所说，他认为唐宋七言诗在节奏上是由下面(82)的规则所支配的：

(82)

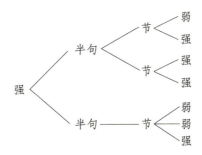

而在造句上，大多诗句也和这个原则相配合。① 就杜诗两行而言，他认为最自然的说法是(83)：

(83) 1 香
2 稻
3 粒
4 鹦
5 鹉
6 啄
7 馀

可是(83)即使不论强弱的分布以及平仄的问题，至少在半句和节的分配上有甚多扞格之处，严重地违反诗律。有一种改进的

---

① 请参看本章第三节的讨论。

方法就是把"粒"和"枝"调开,置于句尾成为(84):

(84) 香稻鹦鹉啄馀粒,碧梧凤凰栖老枝。

(84)虽然在诗律上讲,远比(83)为佳;但在解释上,根据陈先生的说法,却有像(85)这样濒于不通的可能:

(85) 香稻是鹦鹉啄馀之粒,碧梧是凤凰栖老之枝。

也因为有这层顾虑,所以"鹦鹉"和"凤凰"分别与"啄馀"和"栖老"对调而成(79)的原句。

姑不论陈先生对这两句诗为何如此安排的解释是否正确,他所指出来的律句的基本音韵规律,我们基本上是同意的。而且如我们在第二节所说的,诗句也大都配合这个规律。回到这两句杜诗,我们只想指出大部分的学者都认为"香稻粒"和"碧梧枝"应该提前到句首。这一点证明主题在诗句的词序选择上占多么重要的地位,因为这首诗是关于秋天的,用"香稻"和"碧梧"作主题能给人很丰富的、有连贯性的联想,而用"鹦鹉"和"凤凰"则无。这一点考虑的重要性我们也可以用比较(80)和原句得到证明。(80)就传统平仄规则来讲是完全合律的,也符合了(82)所示的规则;而杜甫偏不采用。至于后来要进一步把"粒"和"枝"、"鹦鹉"和"凤凰"倒装,我们认为陈先生的考虑是对的。我们还可以在语法上提供一个独立的证明。中文的宾语当然可以提前当大主题或次主题,但却有一个很严格的限制;那就是,当提前的结果会使我们不知何者为主事者何者为受事者时,那么就不能提前。这一点我们从比较合语法的(86)和不合语法的(87)就可以看出来。

(86) a. 我不喜欢微积分。

b. 我微积分不喜欢。

(87) a. 我不喜欢李大年。

b. *我李大年不喜欢。

回到杜甫的原句,我们发现"啄"与"栖"都严格地要求它们的主语要是"鸟类",而"粒"和"枝"也同样只能有像"香稻"和"碧梧"之类的修饰语。也正因为这些词有这么严格的"共现限制"(co-occurrence restriction),所以当"凤凰"与"碧梧"、"鹦鹉"与"香稻"对调时,不可能产生误解,也因此可以为读者接受。

最后还有一项最重要的限制,那就是经过倒装的句子还需要能符合汉语句法的要求。就(79)两句而言,如果我们根据前四后三的方法来解读,也就是把前四看作主题,把后三看成评论,那么我们可以得到以下的理解:"香稻啄馀者,鹦鹉之粒也;碧梧栖老者,凤凰之枝也。"这样的句式是符合汉语语法的,而这样的理解在整首诗中也是说得通的。[1]

五、句长、句式与诗的表情作用

梅祖麟与高友工(1974b)谈到诗的音乐性时,介绍了朗格并引用了他的话:

> 虽然诗歌以语言为媒介,诗歌的意境不在语言本身的意义,而在语言运用的技巧与方式。这就牵涉到音响、拍子、联想、意念的安排、意义的丰富与否、多义性、整体的节奏感,以及如何利用现实引发梦境式的幻想,如何利用虚构的幻想引起真实感等等。(页267)

---

[1] 感谢审稿人提供这一种理解的可能性。

他们并引申朗格的话,指出:"跟音乐一样,诗歌利用语言结构的长短、繁简的安排创造出它特有的时间性。"(页267)

本节我们想谈谈诗歌节奏的快慢与所表达的感情的关系,并探讨节奏的快慢是如何借语法达到目的。我们特别要探讨的是句子的长短与句型两因素,当然也兼及多义性、音响与联想等因素。

现在先让我们来看看李白的《下江陵》。

(88)《下江陵》[①]　李白

　　朝辞白帝彩云间,千里江陵一日还。
　　两岸猿声啼不住,轻舟已过万重山。

这首诗虽然只有短短四句,却能传颂千古。古之诗家评者甚多,现行诗评家黄永武(1977b)、杨牧(1985)、吕正惠(1977)等也曾评论过。虽然各家说法着重点不同,但都认为诗的速度感是由于诗的设计而来。只是就笔者所知,还没有人从语法的观点来分析本诗。简单地说,我们认为从语法的观点来看,整首诗是一个主题串,因此可以一口气念下来,所以能给人顺流而下一泻千里之感。

本诗第一行的大主题当然是诗人自己,第二行还沿用这个大主题,所以是这个主题串的一分句。分句另有次主题"千里江陵",因为"江陵"是他们旅行的终点,这也同时点明诗题。另有叁主题"一日",在此和"万重"相对照,充分显示了路途的遥远,而所花时间极短,帮助造成诗的速度感。所以诗前半用白话说是:"我们早上辞别了白帝城在彩云间,千里外的江陵一天就可到达。"注意在这里我们把"在彩云间"放在句尾,因为原诗那样

---

① 此诗原有二题,一为《早发白帝城》,一为《下江陵》。今以后者较传神,故用之。

做是有用意的。我们前头说,句尾是"焦点信息"的位置;李白深明此理,所以把"彩云间"置于句尾,使"白帝城"显得特别高,以造成顺流而下之势。暂时撇开第三行。第四行的"轻舟"(注意:这里"轻"字也下得极妙)是次主题,而大主题仍然是"我们",所以仍然是主串句的一分句。第三行的主题分明是"两岸"和"猿声",跟其他分句的大主题"我们"无关,怎么会是主题串的一部分呢?究其实,这一分句是副词分句,是主题串第二分句与第四分句间的插入语。前头在讨论杜甫七律《客至》时,我们已指出"盘飧市远无兼味,樽酒家贫只旧醅"中的"市远"和"家贫"虽是副词分句,但并不打断原主题串(特别注意"盘飧"和"樽酒"两个主题还可以越过副词分句而出现于句首)。同理,李白诗的第三行虽为副词分句,还可以是主题串的一部分,这里第三行用一关系较疏的副词分句,还有三层用意。第一,我们在第一章时已指出大部分的绝句在结构上都遵照"起承转合"的原则,第三行为转句,在此用副词分句,使全诗有转折之处,不至于平淡无味,一泻无余。沈德潜《唐诗别裁》说:"入猿声一句,文势不伤于直,画家布景设色,每于此处用意。"说得极有道理。第二,不论"啼不住"用的是"啼个不停"或者"不能啼使船住"的哪一义,都很容易引出结句的"轻舟已过万重山"。如果用的第一义,那么第三句为时间副词分句,其后一定要有主句意义才能完整。如果用的是第二义,那么第三行是个原因副词分句,也需要主句意义才完整,更何况语意上"轻舟"是"啼不住"的"受事者",接着再合句说"轻舟"是再自然不过的事了。第三,岸边的猿声,除了增加音乐效果之外,也给人高山峻岭的联想,更加强舟势下泻之势,也自然地带进了合句的"万重山"。

　　再就诗的造句而言,全诗句法流畅,更无倒装的情形,完全和诗意配合。"啼不住"虽一语双关,但在当时却是很口语化的句式,诗中更无艰深冷僻之词语。除了前面提过的"千里"与"一日"句中对比之外,"轻舟"和"万重山"也在轻重方面产生对比。这些因素加在一起,使整首诗读来轻快无比,"轻舟"有如在高山上向下射出的脱弦之箭,直冲而下,了无窒碍。

与《下江陵》一样以"快速"闻名的是下面一首杜甫的七律:

(89)《闻官军收河南河北》 杜甫
　　剑外忽传收蓟北,初闻涕泪满衣裳。
　　却看妻子愁何在,漫卷诗书喜欲狂。
　　白日放歌须纵酒,青春作伴好还乡。
　　即从巴峡穿巫峡,便下襄阳向洛阳。

跟《下江陵》一样,这一首诗也给人"快速"的感觉;所不同的是,这种效果在这里是为了表达颠沛流离多年之后听到了盗乱已平马上可以返乡的那种轻松愉快之感。所以这首诗和杜甫绝大多数诗作的风格不同,作法也显然不一样。下面就让我们看看杜甫如何成功地表现他轻快的一面。

此诗除了第一行是个引介句,以处所词为主题以引介真正的主题——这个好消息之外,其余的七行整个是个大主题串,以"我"做大主题。念的时候真的是可以"一气呵成"。再看每一分句的构句都是明白晓畅,一点也没有多义性的词或结构在其间,除了颈联二行外,主题串的其他行都是用一个单音节副词在行首,紧接着是动词,如"初闻""漫卷""便下"等;而且所用的副词也都给人"轻快"的感觉,如"初""漫""即""便"等。就以颈联两行而言,在结构上虽然和别的行不同,但基本上也是一行两个动作,而且是轻松愉快的动作。

我们再来看看为什么颈联两行要用不同的结构。理由有二:最主要的是颈联在律诗的结构上等于绝句的第三行,居于

"转"之地位,所以就像《下江陵》第三行要用副词分句一样,句式上也要稍能转变才不至流于一泻无余,缺乏诗味。这就是为什么要在此安排两个说明性的句子(注意"须"和"好"的用法),而在句首也另外安排次主题"白日"和"青春"。另外一个原因是,大部分的诗人都不喜欢颔联和颈联结构太相像;因为太相像的话,四行就成一式,很容易流于单调乏味。

再看尾联。这在律诗,相当于绝句的合句,所以应当是诗的高潮所在。在本诗里,杜甫在语意上使用了动作照应词在行的开头,即"即从"和"便下"。在语法上,两句用同一句式,并且大胆地打破禁忌,安排在第五和第七字用一字——"峡"与"阳"。因为这样巧妙地使用多层次的重复——语意上、语法上以及语音上,所以读来清爽无比,也把诗人欣喜能够返乡的心情表达得淋漓尽致。当然,整首诗选择用平声七阳韵来表达雀跃兴奋之情也是很恰当的。

在所传达的感情、在句式的变化与句子长短各方面都与上一首截然不同的是下面另一首杜甫的诗:

(90)《登高》　杜甫

　　　　风急天高猿啸哀,渚清沙白鸟飞回。
　　　　无边落木萧萧下,不尽长江滚滚来。
　　　　万里悲秋常作客,百年多病独登台。
　　　　艰难苦恨繁霜鬓,潦倒新停浊酒杯。

这是一首登高抒感之作。前面四行写登高时所见,后四行发抒因登高而引起的颠沛流离、国破身残的无奈感。为了表达这种沉郁的蓝调,这首诗的写法与前一首迥然不同。

这首诗八句,两两相对,根据梅祖麟与高友工(1974b)的研究,对句通常有局限句子于一行的作用(当然,前一首《闻官军收河南河北》是例外），这就使得整首诗的句子数要比前一首多得多。事实上，一开头两行，每一行都各有三个句子。这使得这两行念起来显得急促，象征着一位年老多病的人登高时的情形。同时，这六句也可以用来显示一个多病的老翁登高时边走边看的情形。再者第一行着重声响，而第二行侧重色调，对得不但工整，而且声色俱佳。最后提到"猿"和"鸟"还有反衬的作用，猿善于攀援，鸟长于飞翔，和这位不利于行的老翁成明显的对比，难怪要引起他满腹辛酸。

但有人或许要问："接着的二行为什么又用很流畅的构句呢？"自来诗评家都认为是为了在句子结构上与前一联不同。这固然是原因之一，但更重要的是，就诗的"进行"而言，这时诗人已到达目的地。立于高处，所见必远，所以"无边落木"和"不尽长江"都可以一览无遗；因此，在对句上句法绵密，加上使用传神的联绵字"萧萧"与"滚滚"，更显得气势浩荡，无与伦比。不过章法上还是紧接第一联的爬山时所见而来，"承"得很紧密。

颈联一转，不但在句法上变得散漫，多了许多孤立的主题如"万里""悲秋""百年""多病"，而且在句意上也故意不明白交代其间的关系，呈现多种解释的可能性。就以第五行来说，可以解释作"因为见到万里秋色，思乡之情油然而生，不禁悲从中来"；也可以说是"因为家在万里之外，又常年为他乡之客，所以悲秋"。近人黄永武(1977b:576)引申罗大经(《鹤林玉露》卷十一)的话认为，这两行就含有八层意思：

> "悲秋"点出季节的凄惨，这是第一层。但在家乡悲秋，远不及在万里之外悲秋，这是第二层。那定居在万里他乡者的悲秋，又远不及飘泊无定，作客异乡者的悲秋，这是第

三层。但短期旅居于万里他乡者的悲秋,又远不及久羁他乡,思归不得者的悲秋,这是第四层。久羁他乡思归不得者的悲秋,若是年少气盛,志在四方,那么他的悲秋又远不及百年齿暮,垂老飘泊者的悲秋,这是第五层。这久羁他乡垂老飘泊者,若是身体健康,步履轻快,那么他的悲秋又远不及身老多病,终年飘泊者的悲秋,这是第六层。那身老多病,终年飘泊者平日的悲伤又远不及去登台远眺,满目萧然者的悲伤,这是第七层。垂老飘泊的人,登台远眺,若有亲朋同行,那时的悲伤,又远不及无亲无朋独自登台的悲伤,这是第八层。

在短短的两句里能引出一层深入一层的八层意义,可见这十四字联想之丰富,与字质之稠密。跟前一首的颈联一比就可以知道什么是"畅快"的语句,什么是"凝重"的诗行了。

尾联在句法的孤立散漫和语意的稠密上跟颈联差不多。在解释上,黄永武先生(1977b:577;1983:576—578)认为是以每一行的最后一个字"鬓"和"杯"所代表的含义为中心,然后重重叠叠地加累其含义,以勾勒出诗人此时的心境。黄先生用下图来描述这种层层累积的现象:

    鬓(代表对自身生命的珍惜)
   霜鬓——老
   繁霜鬓——老得快
  苦恨繁霜鬓——内心苦恨是老得快的原因
 艰难苦恨繁霜鬓——整个国家的艰难,才是内心苦恨的根
     源,难怪老得快
    杯(代表适应挫败的方法)
   酒杯——以酒浇愁

浊酒杯——浊酒写出愁而穷

新停浊酒杯——浊酒犹不得饮,更穷愁

潦倒新停浊酒杯——浊酒不得饮,愁不得浇,潦倒无奈,真是穷愁之至

如前所言,这一联语法散漫,词与词之间的关系均不表明,所以呈现显著多义性。除了黄先生的解释之外,其他可能的解释必然还有。举个例来说,第七行开头的"艰难苦恨",黄先生认为有因果关系,而第八行的对应部分"潦倒新停"则认为只是并列关系。其实,倒过来解也是可能的。就因为可能性多,至少在索解的过程中需要费很大的功夫,因此给人"凝重"的感觉。

总而言之,因为后半句法极端散漫,字质又极度稠密所以读来让人哽噎不已,和三、四两行的奔放流畅成尖锐对比,跟前首的通首畅达了无阻塞又迥异其趣,由此可见杜甫在运用字句来表达感情方面的功力有多深厚,推为千古第一诚不足奇也。

六、结　语

如前所言,在古典诗歌与中文句法关系的研究上,到目前为止,还是以王力先生所作为最多,也最有贡献。惜乎,王先生的文法架构没有把主题—评论纳入讨论,所以根据他的语法架构所作的诗句分析与中国人的语感有颇多扞格不入之处,因而笔者根据多年的研究探得的语法架构来重作分析,我们发现绝大多数的唐宋五言诗句,句中的意义节奏分段点是在第二、三字之间,与诗的韵律节奏完全配合。两者不相符者不是没有,但为数甚少。七言诗句方面也是同样的情形。多数的句子句中主要意义节奏的分断点在第四与第五字间。这也与七言诗的韵律节奏

若合符节。

其次我们进一步指出在中文句中主题大多数表示旧信息,而最新信息或信息焦点通常出现在句尾,这是主题在句中的信息功能;此外,在篇章中主题还有对比、连贯与顶真等多项功能,我们也分别举出若干具有代表性的绝句和律诗来说明诗人如何利用这些主题的功能巧妙地经营诗句及篇章来表达诗的意义和情感,我们同时也附带指出,一些多年来争论不休的倒装句如杜甫的"香稻啄馀鹦鹉粒,碧梧栖老凤凰枝",可以从主题选择的观点得到较合理的解释。

在最后一节我们讨论句子长短和句式的变化与诗中所表达的情感之间的关联,我们举李白的《下江陵》和杜甫的《闻官军收河南河北》及《登高》为例,详细地讨论这两方面的关系。

以上这些方面的讨论,就个人所知,以前并没有人大量地尝试过。推其理由,可能是由于语言学与文学的研究在近二三十年来各行其道的缘故。其实这是由于偏见而导致的研究方面的偏差。如果因为本文的讨论而能引起双方的兴趣,达到重新整合的效果,那么本文已可算达成其重要目的之一,又如果本文用这样一个文法架构所作的分析,尚属合理,这也同时间接证明本文所用的语法架构大致上是正确的。

叁:唐诗对偶句的形式条件与篇章修辞功能

一、导 论

唐朝是中国诗歌的全盛时期,无论就作品之丰硕或质量之精粹,恐怕没有任何其他时代能出其右。唐诗中最脍炙人口的部分无疑是律诗,而律诗感人最深的部分则非对偶句莫属。因此,对唐诗对偶句的评论,古今中外不知凡几,可惜这些评论多半是零星的直觉感悟,少有系统性的观察与研究。

能从语言学的观点作有系统研究的人,就个人所知,只有王力(1968)和蒋绍愚(1990)两位,他们虽然都是饱读诗书的鸿儒,但因为受传统语言学研究的影响,他们的论述多半集中在音韵、语法(含词类)及词汇方面,对语意与篇章修辞方面着墨不多。因此本文拟以前人的研究为基础,用最新语言学的研究方法对唐诗对偶句做全面的关照与研究。

本章分成五节:第一节为导论,第二节与第三节分别就对偶句的语音、语法与语意等形式条件作深入地剖析,第四节分别就对偶句在歌行体、绝句以及律诗中所扮演的篇章修辞功能加以探讨。最后一节做总结,并对几首有名的律诗进行分析以验证我们的讨论。

在我们进入正题之前,我们先来看一下,对偶句在中国文学发展的历史。古汉语因具有大量单音词的特性特别便于对偶,①因此对偶的语句可以说是自甲骨文起即有之。出现在甲骨文的就是甲骨文学家所谓的"对贞",如例(1)所示:

(1) 癸丑卜争贞:自今至于丁子,我灾胄?

　　癸丑卜争贞:自今至于丁子,我弗其灾胄?(《殷墟文字丙编》)

至于古书中之俪词则多得不胜枚举:

(2) 流共工于幽州,放驩兜于崇山。(《尚书·禹贡》)
(3) 选贤与能,讲信修睦。(《礼记·礼运》)②
(4) 参差荇菜,左右流之。
　　窈窕淑女,寤寐求之。(《诗经·周南·关雎》)
(5) 山有木,工则度之。
　　宾有礼,主则择之。(《左传·隐公十一年》)
(6) 飘风不崇朝,骤雨不终日。(《老子》第二十三章)
(7) 一齐人傅之,众楚人咻之。(《孟子·滕文公篇》)
(8) 惟草木之零落兮,恐美人之迟暮。(《离骚》)

根据黄庆萱(1979)的说法,早期古籍上的对偶都出于自然,不见斧凿之痕迹,战国时代以后对偶开始有意回避同字,而这种倾向到了汉魏则更加明显。他并举陆机之《文赋》为例:

(9) 遵四时以叹逝,瞻万物而思纷。
　　悲草木于劲秋,喜柔条于芳春。
　　心凛凛以怀霜,志眇眇而临云。

---

① 关于对偶与单音词中间的关系较详细的讨论,详参曹逢甫《未发表稿》。
② 从偶对的观点来看,因为"选贤"对"讲信","与能"对"修睦",所以"与能"应该训为"举能"。

咏世德之骏烈,诵先人之清芬。

四个对句中除了虚字"于"和"之"之外就没有重复的。这种趋势发展到极致就是句句对偶的文体"骈文"。这种对偶的文体如果再加上声韵上平仄相反的要求,就成了唐朝律诗中的对偶句了。

二、唐律对偶句的形式条件——语音与语法之部

综合前人的讨论,唐律诗中的对偶句在语音与语法方面的要求约有四端:即(一)音节数相同;(二)平仄相对;(三)词的类别相近;以及(四)句型相似。前两者与语音有关,后两者与句法关系较密切。以下就是我们从语音及语法观点对这四项条件所做的探讨。

(一)音节数相同

唐代近体诗分为五言及七言,五言就是每行有五个音节,七言就是每行有七个音节。传统的说法以字为单位,这个"字"指的是汉字。这种说法到唐朝为止还是正确的,如杜甫"细雨鱼儿出,微风燕子斜"(《水槛遣心》二首之一),因为唐朝时虽然在口语里已有"儿"尾与"子"尾,但各种迹象显示它们还没有儿化或轻声化,因此一个汉字就等于一个音节。但"字"在汉语里面是有歧义的,有人拿它来对应英语的"word"(以下为了表示区别全部翻为词),也就是一个汉字代表一个词,一个单音词。但双音词如葡萄、琵琶、寂寞、忽如、飘飘、烂漫、往往、想象以及前引的燕子与鱼儿,[①]在唐朝时已

---

① 其中有些词引自蒋绍愚《唐诗语言研究》(1990)之附录《唐诗词语小札》。

有不少，因此当我们谈到词的类别要近似的时候，我们就不能再以一个汉字为单位。这一点在谈论对偶时，常常引起误解，所以先在此点出问题，回头谈词的类别时再来详谈。

以下我们先就五律与七律各举一例来看看汉字跟词的关系：

(10)《送魏大从军》 陈子昂
　　匈奴犹未灭，魏绛复从戎。
　　怅别三河道，言追六郡雄。
　　雁山横代北，狐塞接云中。
　　勿使燕然上，惟留汉将功。

(11)《咸阳怀古》 刘沧
　　经过此地无穷事，一望凄然感废兴。
　　渭水故都秦二世，咸阳秋草汉诸陵。
　　天空绝塞闻边雁，叶尽孤村见夜灯。
　　风景苍苍多少恨，寒山半出白云层。

从(10)(11)两例，我们已经可以看出其中已有不少双音词。而且从《送魏大从军》的首联我们也发现第二句的"从戎"很可能已是双音复合词，而与其相对的"未灭"明显地还不是。又从内部结构来看，"从戎"是动＋宾，而"未灭"是偏＋正，这一点也不对称。

(二) 平仄相对

平仄相对就是出句的每个音节与对句的每个对应音节在平仄上必须相反，即以平对仄，以仄对平，这一点只要把平仄格式谱列出来即可清楚显现。以仄起第一式为例，它的标准格式如下：

(12) 仄起第一式(仄起仄收,首句不押韵)
　　　仄仄平平仄,平平仄仄平。
　　　平平平仄仄,仄仄仄平平。
　　　仄仄平平仄,平平仄仄平。
　　　平平平仄仄,仄仄仄平平。

但一种诗律格式是否合用有两个重要的考虑,第一是它要能与当时的口语韵律节奏相符合。唐代口语的韵律基本上是以两个音节为一韵脚(王力 1968;Chen,Mathew Y(陈渊泉)1980),因此除了行末音节的平仄必须绝对遵守之外,偶数音节的平仄比奇数音节重要。换句话说,例外的情形只会发生在奇数音节。此外,就句中最大的停顿而言,五言诗是在第二音节与第三音节之间,七言诗则是在第四音节与第五音节之间。第二项考虑是该格律要宽严适中。太宽了会显得缺乏纪律,违反了诗律的精神,但作诗是件相当困难的事,一首好诗要能在有限的格局里表达无限的情思,因此格律也不能太严,太严会严重伤害情思的表达。就拿平仄而言,这其中就含有两项考虑:第一,唐时的汉语有平上去入四个调,平声单独列为一大类而把上去入全归仄,这样的分法可以把四个调在音韵上分成两个自然类,即一个是平,另外的为"非平"。第二,另外一个重要的考虑是平声字与仄声字的字数差不多,这样就会让诗人有更多挥洒的空间。不过经过一段时间的尝试,诗家还是认为(12)所代表的诗律太过严苛,因此在不影响韵律的原则下允许某些行的第一个音节有更多的选择,如(13a)所示:

(13) a. 仄起第一式(仄起仄收,首句不押韵)
　　　㊣仄平平仄,平平仄仄平。
　　　㊣平平仄仄,㊣仄仄平平。

ⓛ仄平平仄,平平仄仄平。

ⓟ平平仄仄,ⓛ仄仄平平。

(加圈的音节,表示可平可仄,下同)

除了 a 式以外,另外还有三种格式以及它们的变式:

b. 仄起第二式(仄起平收,首句押韵)

ⓛ仄仄平平,平平仄仄平。

ⓟ平平仄仄,ⓛ仄仄平平。

ⓛ仄平平仄,平平仄仄平。

ⓟ平平仄仄,ⓛ仄仄平平。

c. 平起第一式(平起仄收,首句不押韵)

ⓟ平平仄仄,ⓛ仄仄平平。

ⓛ仄平平仄,平平仄仄平。

ⓟ平平仄仄,ⓛ仄仄平平。

ⓛ仄平平仄,平平仄仄平。

d. 平起第二式(平起平收,首句押韵)

平平仄仄平,ⓛ仄仄平平。

ⓛ仄平平仄,平平仄仄平。

ⓟ平平仄仄,ⓛ仄仄平平。

ⓛ仄平平仄,平平仄仄平。

这四种格式实际上可以归纳成四种基本"律句",它们分别是:

(14) a. ⓛ仄　平平仄

b. 平平　仄仄平

c. ⓟ平　平仄仄

d. ⓢ仄　仄平平

准此,则(13)的四种格式可以化约为(15)。

(15) a. abcd, abcd(仄起仄收,首句不押韵)

b. dbcd, abcd(仄起平收,首句押韵)

c. cdab, cdab(平起仄收,首句不押韵)

d. bdab, cdab(平起平收,首句押韵)

再进一步观察可以发现两条规律,称之为"基本格式顺序律":

(16) 顺序律甲

1. 仄起式是 abcd,平起式是 cdab。

2. 后半首与前半首顺序完全相同。

顺序律乙

1. 仄起式第一句押韵则首句以 d 代 a。

2. 平起式第一句押韵则首句以 b 代 c。

再回头来看四种基本律句格式的组成,如果以韵步为单位来作分析,五言律句如前所言,可分为前二后三两大韵步。在这里也可以归纳出五条规律,称之为"基本律式组成律",如(17)所示:

(17) 基本律式组成律

甲:每个大韵步一定有一个二叠(即"平平"或"仄仄"),但不可以有三叠("＊平平平"或"＊仄仄仄")。

乙:a 式与 b 式、c 式与 d 式平仄完全相对。

丙:c 式与 a 式、b 式与 d 式在后半句平仄分布不能相同。

丁：a式（即仄起仄收式）为"仄仄平平仄"。

戊：b式（即平起平收式）没有变式，其余的（a、c、d式）则首字平仄可以不拘。

至于七言的四种基本形式就是在五言之前加一个与首二音节相反的二叠形式，如五言仄起的（14a）（14d）式就在前头加"平平"，如为平起的（14b）（14c）式就在前头加一"仄仄"，所以相对于（14）五言律句基式，我们就有（18）的四个七言律句基式：

(18) a. 平平⑰仄平平仄

　　 b. 仄仄平平仄仄平

　　 c. 仄仄⑨平平仄仄

　　 d. 平平⑰仄仄平平

又在七言的情形，四种基式的第一个音节都允许平仄互用，今再以示之，即得七言律句基式之全貌，如（19）所示：

(19) a. ㊀平⑰仄平平仄

　　 b. ⑨仄平平仄仄平

　　 c. ⑨仄㊉平平仄仄

　　 d. ㊀平⑰仄仄平平

明显地，因为七言律句基式可平可仄之处较多，可能的变式也增加很多。根据排列组合的原理可以看出（19a）（19c）（19d）各有四种变式，而（19b）只有两种，因此七言律句总共有十四种律句变式。至于四种基式的排序情形则是完全与（15）（16）一样，只是原先五律的"仄起""平起"都得变为第三个音节。读者可以自行调整，此处不赘。

叁：唐诗对偶句的形式条件与篇章修辞功能　　111

最后我们来谈谈常被提及的两个声律上的弊病——"失黏"及"孤平"和其补救之道。前头我们已经谈了许多有关出句与对句平仄要相对的规则，但有一个跟"对"相反而又相辅相成的概念还没有提到，那就是"黏"。所谓"黏"就是上一联对句的偶数音节与下一联出句的对应音节，尤其是偶数音节，必须在平仄上相同，即平黏平，仄黏仄，如果该音节平仄不一致就叫"失黏"。

如果我们仔细地检查一下(14)的四个基本式我们发现 a 与 b，c 与 d 是处于"对"的关系，而 b 与 c，a 与 d 却有"黏"的关系。再来检视(15a)(15b)(15c)(15d)四种排序，我们马上就会发现在第二与第三，第四与第五，第六与第七行之间的关系只有两种，亦即不是 bc 就是 da。换句话说它们都有黏的特质，因此如果一切照我们的规则去做，就根本不会有失黏之虞。七言的情形基本上也是一样的，读者可以亲自去验证一下，以下试举一例来做具体说明。①

(20)　　 1 2 3 4 5 6 7　　　　　　1 2 3 4 5 6 7
　　　1 平平仄仄仄平平　　　　昆明池水汉时功，
　　　2 仄仄平平仄仄平　　　　武帝旌旗在眼中。
　　　3 仄仄平平平仄仄　　　　织女机丝虚夜月，
　　　4 平平仄仄仄平平　　　　石鲸鳞甲动秋风。
　　　5 平平仄仄平平仄　　　　波飘菰米沉云黑，
　　　6 仄仄平平仄仄平　　　　露冷莲房坠粉红。
　　　7 仄仄平平平仄仄　　　　关塞极天唯鸟道，
　　　8 平平仄仄仄平平　　　　江湖满地一渔翁。
　　（平起首句押韵式＝19d）　　（杜甫《秋兴八首》其七）

由此示范可以看出杜甫的这首七律完全符合平起首句入韵，即

---

① 例(20)(21)(22)(23)皆引自蓝少成、陈振寰(1989)。

(19d)的格式,也因此完全符合黏对的原理。

在前面讨论五言基本式(14)与七言基本式(19)时我们曾分别指出(14b)的第一音节与(19b)的第三音节都只能是平声,不得为仄声,当时我们没有说明理由,现在我们来探讨为什么会有这种特殊的规定。不过为了方便说明我们先把(14b)与(19b)抄录于后:

  (14) b. 平平仄仄平

  (19) b. 仄仄平平仄仄平

我们前头已一再强调句尾的平仄是绝对不能更动的,因为那是韵脚所在,所以在调和平仄时我们先把它排除在外。有了这一点共识我们再回头来看看(14b)与(19b)。在(14b)剩下的四个音节现在分布是两平两仄达到平衡的状态,但如果首字将平改仄,这个平衡就被破坏了,句中就剩下一个平了。(19b)的情形就更严重了,在剩下的六个音节原先平的音节就已经不多,只有两个,如果第三音节再将平换成仄,那么就成了五仄对一平,这无疑地会影响到句中平仄和谐的韵律,诗律家管这种弊病叫犯"孤平",在诗律里是绝对要避免的。这就说明了为什么在(14)与(19)的四个基式里只有 b 式不允许第一(五言)或第三音节(七言)平仄互用而一定得用平声,但其他三个基式在同样的位置则允许平仄互用。

事实上在唐代几千首律诗中,犯孤平的例子极少,王力先生(1968)的研究只发现两个例子:

  (21) a. 醉多适不愁。(高适《淇上送韦司仓》)
     仄平仄仄平
      △

b. 百岁老翁不种田。(李颀《野老曝背》)
   仄仄仄平仄仄平
         △

犯孤平的诗作甚少这一点似乎意味着唐代诗人个个都精通诗律。事实不然,犯孤平的诗例其实不少。只是那些诗在诗中别的地方采取了补救办法,因此都不真正被认定为犯了孤平。这种补救办法通常称为"拗救"。

更广泛地讲,所谓"拗"就是在一个诗句里,该用平的地方却用仄,该用仄的地方却用平。换句话说"拗"就是违反诗律或失黏对,"救"就是在上述"拗"的情况下,在当句或对句的适当位置上,把一个该用仄声的音节换成平声,或者该平声的换成仄声,以为补救。这样子一拗一救合起来就是"拗救"。这种作法背后的道理是不难理解的,在诗的某处违反了声律的情形下,诗人设法在别处给予补救使失去的声韵和谐得以恢复。例如前述犯了孤平的情形,五言诗的第一个音节,七言诗的第三个音节该用平而用仄,那么我们就可以用这种方法加以补救。通常补救的方法有二:一种是当句自救,例如上述孤平的情形就可以在该句的第三音节(如为五言)或第五音节(如为七言),当用仄的改用平,如(22)所示:

(22) a. 远山晴更多。(许浑《早秋》)
        仄平平仄平
         △ ○

b. 山雨欲来风满楼。(许浑《咸阳城西楼晚眺》)
   平仄仄平平仄平
         △   ○

另一种补救的办法是出句拗,对句救。例如在基式为"仄仄平平仄"(14a)或"平平仄仄平平仄"(19a)中,五言的第三音节(或第四),七言的第五音节,当用平却用仄,那么就必须在对句"平平仄仄平"(14b)的第三音节或"仄仄平平仄仄平"(19b)的第五音节改用平声以救之,这就是对句救。请看下面的例子:

(23) a. 薄宦梗犹泛,故园芜欲平。(李商隐《蝉》)
　　　　仄仄仄平仄　仄平平仄平
　　　　　　△　　　　△　○

b. 映阶碧草自春色,隔叶黄鹂空好音。(杜甫《蜀相》)
　　仄平仄仄仄平仄　仄仄平平平仄平
　　　　　　△　　　　　　　○

注意,在(23a)中出句的"梗"该平而用仄,对句的第一音节"故"也是该平而用仄,该句本身因此也犯了"孤平",因此用了一个"芜"同时挽救了平仄不当的"梗"与"故",一举两得。(23b)的出句第五音节"自"也是当用平而用仄,因此在对句第五音节当用仄而改以平声的"空"来解救。

(三) 词的类别相近

在进入这一节讨论之前,我们必须澄清我们要谈的是"词的类别"问题而不单是"词类"。我们这样做为的是不把唐诗对偶句里所分的类别与一般语法学家所谈的词类混在一起。后者是以词在句子中的分布为主要依据,但我们所谈的"词的类别"除了牵扯到"词类"之外,它还牵扯到构词与语意及语言变迁的问题。另外还有一组概念与词的类别息息相关,我们必须在此先提出来,虽然详细的说明必须等到后面才能进行。那就是工对、邻对与宽对的区别。它们分别指的是对仗讲究的程度,工对最讲究,邻对其次,最后是宽对,而所谓的讲究就是限制多、对的范畴小。从这个角度来看,可以说宽对代表对仗的底线。

有了这两层基本了解,现在回来看"词类"的问题。词类一直是困扰着研究者的大问题,各家虽然都有说法但却全都语焉不详,下引两家为例来看看他们问题出在哪里。

蓝少成与陈振寰(1989:69)对词类的说明如下:

> 所谓词类,指的是语法上词的分类,如名词、动词、形容词等。词的分类是近体诗对仗的基础。古人在近体诗中用于对仗的词类大约可分为10大类:(1)普通名词;(2)动词;(3)形容词;(4)数词(数目字);(5)副词;(6)代词以及名词的附类;(7)连接词;(8)颜色词;(9)方位词;(10)其他虚词。对仗就是要求相同的词类才能相对,如名词对名词,动词对动词,形容词对形容词。不同词类的词一般不能相对,如不允许名词对动词,动词对代词等。然而,也有一些词可以跨类相对,如古人就常常把不及物动词跟形容词相对,把"孤""半""独"等与数目字相对。

这一段文字是我能找到针对对偶句词类所做的详细说明之一,但还是有许多语焉不详之处,譬如说这十个词类明显地是要用来规范对偶能否被接受的底线。换句话说对偶的词一定得属于这十类中的同一类才能拿来相对,但这项理解马上又被他们自己对邻对的解释推翻了(页73—74)。他们所列举的20类邻对里就有方位与数目,数目与颜色,疑问代词及"自""相"等字与副词,副词与连介词,连介词与助词等五类与上引的说法不符。

再来看另一家的说法。张梦机在所著《古典诗的形式结构》一书中对"词性相同"的解释如下(1981:133):

> 词性相同是指相对的字或词汇,必须属于同一类的词性,如名词必须和名词相对,动词和动词相对,形容词与形容词相对,副词和副词相对。

这一段文字显然是针对宽对而发的,虽然作者并没有明言。它看起来四平八稳,而且讲的都是一般人认为理所当然的事,可以说说得很周全,但仔细推敲却至少有两点未能交代清楚。第一,所谓"相对的字或词汇"指的是什么?"字"当然指的是一个单音节的汉字,但"词汇"呢?它是不是指由两个以上汉字所组成的复音词?作者没有明言,我们也无法确知。又"字或词汇"意思是"字和词汇",还是"字"或是"词汇"?因为如果指的是后一义,那么"孙行者"只要对"赵守成"就可以了,但如果采取前义,那么"孙行者"就只能对"胡适之"了。① 第二,上引说明只提到名词、动词、形容词和副词四种词类。作者的意思只是用它们举例呢?还是认为所有的词汇就只要区分成这四种就可以了?

我们先从第一点谈起,因为上古汉语,基本上是一个单音节的语言,因此一个汉字就是一个词,② 例外的情形最主要的是联绵词,及双声词、叠韵词或叠字词。这一点认识基本上是反映在诗律里头的,对偶除了词的类别相近似以外,如果是联绵词一般都只对联绵词。但语言都会变的,汉语自不例外,自古汉语开始汉语就有明显地双音节化的趋势(王力 1958;Tsou,Benjamin K.(邹嘉彦)1975;曹逢甫 1993b)。到了唐朝这个趋势已日见明显,换句话说在唐人的口语中已有不少双音节词,因此反映口语的唐诗自然就会带进不少双音节词。而这些词在对偶时会给坚持字字在词类上必须相对的人带来困扰。后世的诗评家遇到有类似情形都用"成语"或"熟语"来对待它们。近人瞿蜕园、周紫宜合著的《学诗浅说》(1972)就曾指出这种特殊对法:

---

① 据说"请问孙行者对什么?"是民国初年北京大学入学考国文考题之一,而标准答案之一是"胡适之"。

② 我们说基本上如此是因为,即使在《论语》的时代,就已经有了少数的同义复合词,如"朋友"等。详细讨论参曹逢甫(1993b)。

> 一是成语不拘字面的对法,如杜甫诗:"故人俱不利,谪官语悠然。""不利"本来不能对"悠然",但已经是成语,就作为成语对成语了。李商隐诗:"客鬓行如此,沧波生渺然。"又"良辰多自感,作者空徒然。"正是用的杜诗法。

说得白一点,这种对法是用一个双音词对另一个双音词,只要两个双音词词性相当就可以了,而不必细究其中前后字词性是否相当的问题。其实这是语言变化自然的结果。就语言学的观点而言,我们应该以词为单位,但在裁对时需要能单音词对单音词,双音词对双音词。杜甫的诗为了能把口语溶入诗里,就大胆地用了相当多这一类的对法,后人不察还以为这是杜甫发明的对法。

袁枚《随园诗话》(卷二)也有一则跟我们的观察有关的记载:

> 尹文端公〔尹继善〕论诗最细,有差半个字之说,如唐人"夜琴知欲雨,晚簟觉新秋","新秋"两字现成语也,"欲雨"二字,以"欲"字起"雨",非现成语也。差半个字矣。以此类推,名流多犯此病,必云"晚簟恰宜秋","宜"字方对"欲"字。(转引自周振甫 1987:229)

用现代的术语来说,尹继善的意思是说"新秋"已是一个复合词而"欲雨"明显地不是,因此对得不工整。虽然"新"字对"欲"字,"秋"字对"雨"字都还合法,他建议把"觉新秋"换成"恰宜秋"才能和"知欲雨"相对,因为这里的"宜秋"就像"欲雨"一样都是动词+名词而不是复合词。

接着,我们再来看词类的问题。词类是按照词在句子中的分布来决定的,而当有一类的词它们在句子中有相似的分布时,它们就构成那一个词类。举个例子来说,我们都知道有一类词

组它们可以出现在主语的位置,也可以出现在宾语的位置,如(24)、(25)的句子所示:

(24) a. 那部电影(那间咖啡厅,那位老师……)很棒。
　　 b. 我喜欢那部电影(那间咖啡厅,那位老师……)。
(25) a. The movie(the cafe, the teacher…)is great.
　　 b. I like the movie(the cafe, the teacher…)。

因为在一般情形这一类词组(phrase)都有一个中心语,即词组中不可或缺的成分,它们指的是一类物品(含人物)的名称,因此语法学家就管它们叫做名词组(noun phrase),而管这一类词的中心语叫做名词(noun)。在像英语这种有较多构词标志的语言,这一类词也往往有一些伴随的构词标志如表多数的-s 以及所有格的标志-'s,如(26)所示:

(26) a. The movies are great.
　　 b. John's sister is very beautiful.

相较之下,像汉语这样的语言,就没有构词标志,如(27)所示:

(27) a. 那些电影都很好。
　　 b. 约翰的姊姊很漂亮。

因此之故,在像英语的语言,有时一个词单独存在时人们也可以凭借它的构词标志来判定它的词类,而这一点在汉语是比较困难的,尤其是古代汉语,因为它的构词标志比现代汉语还要少。如此一来,在探讨汉语语法,不论是古代汉语或现代汉语,一个争论的焦点就是当一个词单独存在时,我们能不能给它定类。换句话说,就语言用户而言,当我们给他一个词时,我们能不能确定他知道不知道该词是属于哪一类?要求得这个问题的答案,一个很好的方法就是检验一下唐诗对偶句中有没有上下句对应的两个词明显地词类不对等,而人们仍认为该二句为对偶句。但要用这种方法求证首先得了解对偶句的一些特殊讲求与限制。

首先,为了达到对句在艺术上最佳效果,诗家在最讲究的情形,即工对时,还把名词与形容词细分成若干义类。根据王力先生的研究,名词又可分十四类,为形容词可分为三类。

(28) 名词的义类

(一) 天文:天、空、日、月、风、雨、火、阴、飙等。

(二) 时令:年、岁、月、日、时、刻、晦、朔、昏、晓、闰等。

(三) 地理:土、水、江、湖、波、冰、渚、郊、冈、矶等。

(四) 宫室:房、宅、庐、楼、阁、瓦、亭、堞等。

(五) 器物:舟、船、钟、砧、床、席、旗、干、弩、案、簾、香、棹、铃、箧、盘、帘、瓢、瓶等。

(六) 衣饰:衣、襟、裙、钗、佩、缨、履、疏、甲等。

(七) 饮食:酒、茶、糕、药、蕙、饭、酊、醯、汤等。

(八) 文具:笔、墨、砚、纸、琴、瑟、卷、轴、简、策、毫等。

(九) 文学:赋、疏、句、集、辞、注、图、歌、谣、诰、札等。

(十) 草木花果:藤、柳、杨、蕉、茗、芝、棍、箪、蒲等。

(十一) 鸟兽虫鱼:马、牛、鹤、貂、龙、蛇、蟾、蛾、凫等。

(十二) 形体:身、心、肌、肤、骨、肉、须、手、音、容、毛、爪、嘴等。

(十三) 人事:功、名、恩、怨、闲、才、情、志、思、感、意、性等。

(十四) 人伦:父、兄、君、臣、翁、姑、相、士、农、渔、樵等。

形容词的义类

（十五）普通形容词。

（十六）数目：一、二、三、四、五、六、七、八、九、十、百、千、万、两、双、孤、独、数、几、半、再、扁（舟）、群、诸、众。

（十七）颜色：红、黄、白、黑、青、绿、赤、紫、翠、苍、蓝、碧、米、丹、绯、赭、金（黄）、玉（白）、银（白）、粉（白）、彩、素、立、黔、缁、皓。

除了普通名词与形容词两大类之外，其他词类还可以分成动词、副词、代（名）词、方位词、连介词与助词，连同名词与形容词共八类。以下我们择其精要部分稍作说明，名词、形容词前已有所说明，此处不赘。

1. 动词

就形式而言，在唐代，动词可以分为单纯动词与复合动词两种，复合动词多半为新兴者，我们留待后面再谈，这里先谈单纯动词。就后者而言，根据其语法及语意之不同又可分为及物、不及物与情态动词三种，其中情态动词因常出现于动词前与动词连用，而且语意空灵（不表示动作而表情态），因此常与副词相对，可以和副词合并成一类。至于及物与不及物的区别，在日常口语中多半能区别，因为只有及物动词后面才能接宾语名词组，不及物动词与其后之名词组间通常会有个介词，但后面这个线索在诗里经常被省略掉，而且诗里为了对偶或平仄音韵的要求也经常把动词前的词组移到动词后，于是及物动词与不及物的界线在诗里就更加模糊了。这种拿及物动词对不及物动词的情形在唐诗中很多，我们只举几个例子：

（29）a. 红颜弃轩冕，白首卧松云。（李白《赠孟浩然》）

b. 几时杯重把，昨夜月同行。（杜甫《奉济驿重送严公四韵》）

c. 乡泪客中尽，孤帆天际看。（孟浩然《早寒江上有怀》）

d. 他乡生白发，旧国见青山。（卢纶《贼平后送人北归》）

还有一种情形值得注意的，因为当述语用的形容词与主语之间并不需要"是"等连缀动词，所以它在动词后的语法表现与不及物动词是完全相同的。又因为动词在名词前当定语也不需有任何形态的变化，因此在名词前当定语时它跟形容词并没有不同。因此在唐诗中，我们也经常看到形容词不论在名词前当修饰语或是在句中当主要述语，都可以直接拿来与不及物动词相当。因为篇幅的关系，我们也只能在此举几例：

(30) a. 列郡讴歌惜，三朝出入荣。（杜甫《奉济驿重送严公四韵》）

b. 草枯鹰眼疾，雪尽马蹄轻。（王维《观猎》）

c. 近泪无干土，低空有断云。（杜甫《别房太尉墓》）

d. 星垂平野阔，月涌大江流。（杜甫《旅夜书怀》）

另外有几个动词的次类在唐诗对偶句中的表现与散文中不同，值得在此提出来讨论。它们分别是：情态动词，有－无动词以及特殊兼语动词。

情态动词有"将、欲、莫、须、应、可、能、敢、肯、愿、容、许"等。它们都是表示情态的动词，有些语法学家把他们归为助动词，因为它们经常出现在动前的位置，但笔者（1990）与林若望、汤志真（Lin, Jo-wang and Chih-Chen Jane Tang：1995）都认为在汉语没有足够句法事实一定要把它们独立成一类，在唐诗对偶句里因为这一类动词跟副词一样常出现在动词前,而且它们的语意也较一般动词空泛,因此也常用来与副词,如"新、初、独、终、已"等相对,如(31)诸例所示:

(31) a. 归鸿<u>欲</u>度千门雪,侍女<u>新</u>添五夜香。(李颀《寄司勋卢员外》)
　　 b. 武帝祠前云<u>欲</u>散,仙人掌上雨<u>初</u>晴。(崔颢《行经华阴》)
　　 c. 名<u>岂</u>文章著,官<u>应</u>老病休。(杜甫《旅夜书怀》)
　　 d. 万木冻<u>欲</u>折,孤根暖<u>独</u>回。(齐己《早梅》)
　　 e. <u>敢</u>将十指夸针巧,<u>不</u>把双眉斗画长。(秦韬玉《贫女》)

但笔者认为这应该属于邻对的作法,因为情态动词也常用来与其他情态动词或其他类动词相对(如下列诸例所示),而副词一般是不能用来对应动词的。

(32) a. 白日放歌<u>须</u>纵酒,青春作伴<u>好</u>还乡。(杜甫《闻官军收河南河北》)
　　 b. 圣代<u>也</u>知无弃物,侯门<u>未</u>必用非才。(罗隐《曲江春感》)
　　 c. 传情<u>每</u>向馨香得,不语还<u>应</u>彼此知。(薛涛《牡丹》)
　　 d. 心<u>识</u>西南多胜境,<u>愿</u>于幽邃着寒灰。(贯休《献蜀王建》)
　　 e. 云鬟罢梳还对镜,罗衣<u>欲</u>换更添香。(薛逢《宫词》)

因此,比较周全的说法是:情态动词是动词的一部分,只是在邻对或宽对时才权宜地把它们用来与副词相对。

有(无)字在唐代约有下列五种主要用法,分别以(33a)(33b)(33c)(33d)(33e)为代表:

(33) a. 欲济无舟楫(孟浩然《望洞庭湖赠张丞相》)
　　　【表领属】
　　b. 邑有流亡愧俸钱(韦应物《寄李儋元锡》)
　　　【表存在】
　　c. 时有落花至(刘眘虚《阙题》)
　　　【表呈现】
　　d. 闲花落地听无声(刘长卿《送严士元》)
　　　【特殊用法一】
　　e. 长得看来犹有恨(吴融《途中见杏花》)
　　　【特殊用法二】

这五种用法所表达的意义很不一样,而他们在句子中的分布也相当不同:表领属与表存在通常为及物用法,前者主语为有生,后者则多为时间词或处所词。表呈现时有(无)句为兼语式,后领一个子句。当"有(无)"为第四种用法时,其前为某些特殊动词,其后则为"有"或"无"的宾语,二者共同表达某种状态。在最后一种用法里"有(无)"与其后之名词结合成形容性复合词表达某种征性如"有恨""无情"等。因为有这么多用法表达这么多不同的语义,因此在对句中与"有(无)"相对的成分就有好几种:

(34) a. 有弟皆分散,无家问死生。(杜甫《月夜忆舍弟》)
　　b. 芳草有情皆碍马,好云无处不遮楼。(罗隐《绵谷回寄蔡氏昆仲》)
　　c. 欲济无舟楫,端居耻圣明。(孟浩然《望洞庭湖赠张丞相》)
　　d. 时有落花至,远随流水香。(刘眘虚《阙题》)
　　e. 身多疾病思田里,邑有流亡愧俸钱。(韦应物《寄李儋元锡》)

  f. 长得看来犹有恨,可堪逢处更难留。(吴融《途中见杏花》)

  g. 不雨山长润,无云水自阴。(张祜《题杭州孤山寺》)

  h. 无风云出塞,不夜月临关。(杜甫《秦州杂诗》之七)

  i. 细雨湿衣看不见,闲花落地听无声。(刘长卿《送严士元》)①

  j. 深山旗未展,阴碛鼓无声。(张籍《征西将》)

最直截了当的对法就是拿"有"对"无",拿"无"对"有",因为一般说来它们的分布是平行的,②但"无"也是句法上用得很广的否定词,所以也常会用来与其他的否定词如"不""未"相对,如(34g)(34h)(34i)(34j)诸例所示。这时候语意上虽然相当,但句法上却不对等,因为"无"为动词,其后常接名词组而"不"与"未"为副词,于动前修饰动词,因此所谓对等在这里只能理解为整个动词组的对等而不是其中个别组成分的对等,③这一点看下面的图示就可以一目了然了。

  (35) a. 动词组〔[不]副[雨]动〕
     b. 动词组〔[无]动[云]名〕

如前所言,"有""无"都是动词,所以拿它们来对别的动词(含述语形容词)如(34c)(34d)(34e)所示是顺理成章的事。(34f)的例

---

① 闽南语还保留"听无声"这种结构,而国语已不再使用。可是国语还继续说"看不见",而闽南语却只能说成"看无着"。

② "无"的句法分布比"有"稍广,因为"无"至少还多了一项疑问语助词的用法是"有"所没有的,如下白居易的绝句所示:

问刘十九
绿蚁新醅酒,红泥小火炉。
晚来天欲雪,能饮一杯无?

③ 类似这样只能从整个动词组来考虑是否对等的情形,唐诗中还有一些,我们等到下一节讨论句法相似性时再来详谈。

子则告诉我们在唐代已有一些"有""无"与其后之名词结合成形容性复合词,而在这同时"好"(易)、"难"与其后之动词也有词汇化的趋向,因此拿"有恨"对"难留",虽然不是"铢两悉称",但还是可以接受的。

下面我再来谈特殊兼语式的问题,前面谈"有"字时曾提到它的呈现用法,一般人都认为它是兼语式,意思是说"有"字后面名词身兼二职,一方面它是"有"字的宾语,一方面它又是后面句子的主语/主题。例如杜甫诗"有弟皆分散"就可以分析为"(诗人)有弟(而)弟皆分散",唐代口语里除了"有"当然还有别的兼语动词如"岁月催人老"的"催",但这一类动词通常都带有"催促""逼迫"的意思,因此数量是相当有限的。可是在唐诗中为了使诗句简洁有力常常会把两句话压缩成一句来表达,而把原先有限的动词做相当程度的扩充,初唐杜审言的《和晋陵陆丞早春游望》诗就有这么一联:

(36)云霞出海曙,梅柳渡江春。

细推句意出句就是"云霞出海而海曙",对句应为"梅柳渡江而江春",这种句式在几十年后其孙杜甫继续扩充并广为其同世代的人所爱,于是模仿者众,一时蔚为风气,成为唐诗句法之一特色。① 今举数例以见一斑,详细的讨论请参蒋绍愚(1990)。

(37) a. 峡云笼树小,湖日落船明。(杜甫《送段功曹归广州》)

b. 红入桃花嫩,青归柳叶新。(杜甫《奉酬李都督表丈早春作》)

---

① 与杜审言差不多同时的诗人李峤也有这样的对句:
树接南山近,烟含北渚遥。(《长宁公主东庄》)

c. 竹批双耳峻,风入四蹄轻。(杜甫《房兵曹胡马》)

　　d. 内分金带赤,恩与荔枝青。(杜甫《赠翰林张四学士垍》)

　　e. 樽当霞绮轻初散,棹拂荷珠碎却圆。(杜甫《宇文晁尚书之甥崔彧司业之孙尚书之子重泛郑监前湖》)

　　f. 佳人拾翠春相问,仙侣同舟晚更移。(杜甫《秋兴八首》其八)

　　g. 树绕温泉绿,尘遮晚日红。(孟浩然《京还留别》)

　　h. 夜直南宫静,朝趋北禁长。(孟浩然《上张吏部》)

　　i. 转来深涧满,分出小池平。(储光羲《咏山泉》)

　　j. 远寻寒涧碧,深入乱山秋。(李咸用《秋日访同人》)

2. 副词

副词中有一大类是由形容词转成者,这一类因为为数众多不列于此,纯粹当副词使用者数目有限,且多半为单音词。

(38) 空、突、枉、频、屡、每、亦、右、复、层、尝、不、未、只、但、惟、尚、皆、尽、俱、争(怎)、岂、忽、渐、逸、乍、已、拟、即、却、休、不、未、宜、合、犹、虽、且、更、殊、甚、颇、稍、堪、竟、顿、浑、漫、转、翻、浪。

(39) a. 醉月<u>频</u>中圣,迷花<u>不</u>事君。(李白《赠孟浩然》)

　　b. <u>忽</u>过新丰市,还归细柳营。(王维《观猎》)

　　c. 兴来<u>每</u>独往,胜事空自知。(王维《终南别业》)

　　d. 芳草<u>已</u>云暮,故人<u>殊</u>未来。(韦庄《章台夜思》)

　　e. <u>岂</u>有蛟龙愁失水,<u>更</u>无鹰隼与高秋。(李商隐《重有感》)

　　f. 秋草独寻人去后,寒林<u>空</u>见日斜时。(刘长卿《过贾谊宅》)

g. 但将酩酊酬佳节，不用登临叹落晖。（杜牧《九日齐山登高》）

3. 代名词

代名词是相当有意思的一类，就它的组成分子而言，它明显在数目上非常有限。这一点它跟别的虚词类是一致的。但它的语意，因为在具体语境中都有所指，因此感觉上又不如助词、连词那么"虚"。这一点在虚词与实词中游移的特性也反映在唐诗对偶句里，不过这一点我们得等谈到邻对时再谈。就最讲究的工对而言，代名词还是得对代名词，以下就是例字与例句。

(40) a. 我已无家寻弟妹，君今何处访庭闱？（杜甫《送韩十四江东觐省》）

b. 顾我无衣搜荩箧，泥他沽酒拔金钗。（元稹《遣悲怀》三首之一）

c. 老去争由我？愁来欲泥谁？（白居易《新秋》）

d. 他皆任厚地，尔独近高天。（杜甫《白盐山》）

e. 谁家促席临低树？何处横钗带小枝？（秦韬玉《对花》）

4. 方位词

这一类包括绝对方位词（如"东、南、西、北"）与相对方位词（如"里、外、前、后"等）。照前例，我们先列例字，再给例句。

(41) 东、西、南、北、里、外、中、边、前、后、上、下、左、右。

(42) a. 绿树村边合，青山郭外斜。（孟浩然《过故人庄》）

b. 日斜江上孤帆影，草绿湖南万里晴。（刘长卿《送严士元》）

c. 三晋云山皆北向，二陵风雨自东来。（崔曙《九日登

望仙台呈刘明府容》）

　　d. 武帝祠前云欲散,仙人掌上雨初晴。（崔颢《行经华阴》）

　　e. 雨中黄叶树,灯下白头人。（司空曙《喜外弟卢纶见宿》）

5. 连介词

连词与介词这两类,字加起来不过十几个,因为两类都极为有限,所以合并为一类。以下是例字与例句。

(43) 与、和、共、同、并、且、于、而、入、还、则、于、因、为、之。

(44) a. 山牵别恨和肠断,水带离声入梦流。（罗隐《绵谷回寄蔡氏昆仲》）

　　b. 羌妇语还哭,胡儿行且歌。（杜甫《日暮》）

　　c. 鸟与孤帆远,烟和独树低。（苑咸《登润州城》）

　　d. 相车问罢同牛喘,大厦成时与燕来。（宋祁《将到都先献枢密太尉相公》）

　　e. 花径不曾缘客扫,蓬门今始为君开。（杜甫《客至》）

6. 助词

这一类是最明显的虚词类,不但组成会员少,而且每一个词语意也很虚。以下先给例字,再给例句。

(45) 之、乎、也、矣、焉、哉、旃、欤(与)、耶、尔、然、止。

第一个例字"之"的法定身份犹有争议,有人认为它仍然是个代名词,有人则认为它已进一步虚化成真正的虚词。

(46) a. 去矣英雄事,荒哉割据心。（杜甫《峡口》）

　　b. 贾傅竟行矣,邵公惟泫然。（张籍《奉和陕州十四翁》）

c. 处世心悠尔,干时思索然。(李群玉《春寒》)

d. 光华扬盛矣,霄汉在兹乎!(高适《真定即事奉赠韦使君》)

还有四类的词也是对仗时,时常被提及的,它们是 1. 同义连用词;2. 反义连用词;3. 联绵词;4. 重叠词。这四类词不属于我们前头所谈的词类和义类,它们是因为某些相同的构词特性而被归为一类的。就拿联绵词来说,它们是因为词的组成分有双声或叠韵的关系而被归为一类,但在实际对偶时,还得看它们是不是属于同一词类才能使用。以下是我们根据联绵词词性整理的:

(47) a. 名词:葡萄、苜蓿、婵娟、鹦鹉、鸳鸯等。

b. 动词:徘徊、盘桓、踌躇、踊跃、指示等。

c. 形容词:绸缪、荒唐、婆娑、磅礴、彷徨、坎坷、淋漓、参差、逍遥、浩荡、铿锵。

d. 副词:须臾、斯须。

对仗时并不是它们都是联绵词就可以相对,而是还要考虑它们的词类,譬如"荒唐"只能对"参差",但不能对"鹦鹉"。

以下我们就上述四大类构词类别各举几例。

(48) 同义连用词

a. 谁爱风流高格调,共怜时世俭梳妆。(秦韬玉《贫女》)

b. 身多疾病思田里,邑有流亡愧俸钱。(韦应物《寄李儋元锡》)

c. 不为穷困宁有此,只缘恐惧转须亲。(杜甫《又呈吴郎》)

(49) 反义连用词

　　a. 逝川前后水,浮世短长生。(李群玉《长沙开元寺》)

　　b. 兴亡留白日,今古共红尘。(司马扎《登河中鹳雀楼》)

(50) 联绵词

　　a. 外地见花终寂寞,异乡闻乐更凄凉。(韦庄《思归》)

　　b. 薜荔惹烟笼蟋蟀,芰荷翻雨泼鸳鸯。(沈彬《秋日》)

(51) 重叠词

　　a. 世事茫茫难自料,春愁黯黯独成眠。(韦应物《寄李儋元锡》)

　　b. 野庙向江春寂寂,古碑无字草芊芊。(李群玉《黄陵庙》)

　　c. 一瓶一钵垂垂老,千水千山得得来。(贯休《献蜀王建》)

综合以上的讨论,我们可以清楚地看出,所谓工对时,词的类别其实有三大类:最基本的是一般所谓的词类,如名词、动词等;其次在名词与形容词的情形,还可以根据语意再作细分;最后就是联绵词、重叠词等构词的类别。

　　总结起来看,词的类别可以多到二十九类,当然这是就个别相对的词最工整的情形而言。然而,在真正的对句里,因为有更重要的表意要求,所以句中相对的词很少能全部对应得那么工整的。下面李商隐《锦瑟》诗的颔联,可以说是例外中的例外:

(52) 庄生晓梦迷蝴蝶,望帝春心托杜鹃。(李商隐《锦瑟》)

"庄生"对"望帝"属人伦对人伦,"迷"对"托"是动词对动词,"蝴蝶"对"杜鹃"是动物对动物,全都对得很工整,唯一比较有争议的是"晓梦"对"春心"。根据蓝少成与陈振寰(1989)的认定,

"晓"对"春"没有问题,是时令对时令,但"梦"是属于人事,而"心"则属于形体,应属于次工整的邻对。① 因此,这一联是接近完美的工对,但全联都对得这样工整的毕竟少之又少。一般说来,只要过半的词对得工整,其余的还可以过得去,整联就算工整了。下面我们再来看两个例子:

(53) 青枫江上秋帆远,白帝城边古木疏。(高适《送李少府贬峡中王少府贬长沙》)

这一联也是以对得工整闻名的。首先"青枫江"对"白帝城",是地名对地名,而且地名的首字还有青白颜色相对;第四个字的"上"对"边",是方位词对方位词;"疏"对"远"是述语形容词对述语形容词,铢两悉称。唯一不算极工整的是"秋帆"与"古木"这一对,但这一点是不能苛求的,以免因词害意,影响诗意的表达。

再来看另一对名联:

(54) 三山半落青天外,二水中分白鹭洲。(李白《登金陵凤凰台》)

"三山"对"二水"是数目对数目、地理名词对地理名词,所以很工整。"半落"是副词加上动词,"中分"也是,所以也很妥适。但"青天外"对"白鹭洲"就不能算工整了,因为"青天"对"白鹭"虽然有颜色对颜色的好处,但前者属天文,后者属动物,隔了一层。"洲"对"外"也是一样,虽然都属广义的名词,但一个是普通名词,另一个是方位词,不是最工整的对法。

从前面两例可以看出,就算是有名的诗联,也不见得其中的

---

① 个人的看法跟他们二位稍有出入。"春心"的"心"在诗中指的不是形体的一部分,而是心灵的活动,因此把它归入人事也无不可。如果此说成立的话,那么李商隐此联纯粹从对仗的角度来看,就真的是天衣无缝了。

对应词都对得很工整,通常只要有一半以上的词对得工整,其余的就算稍欠工整也可以算是工对了。

另外有两种变通的对法,也是在讲工对时大家时常提及的:一是借对,另一是句中自对。

借对又分两种,即借义与借音。所谓借义对仗法就是在一词多义的情况下,诗人通过一个词的某一义与相应的对词相对,但诗中所用的并非这一个词的此一意义,例如:

(55) a. 酒债寻常行处有,人生七十古来稀。(杜甫《曲江》)
　　　b. 当时物议朱云小,后代声华白日悬。(杜牧《商山富水驿》)

在(55a)中"寻常"对"七十",表面上看起来是数目词对数目词,因为八尺为一寻,二寻为一常,但杜甫在诗中所用却是"寻常"的另一意义,即"平常"。在(55b)的情形,"朱云"在诗中为人名,但借其字面意义以对"白日"。

所谓借音对仗法就是:当出句用了甲字,对句本应用与甲字同类的乙字,但从对句全面意义的考虑来看,又不宜用乙字,在这种情形下,可以选用一个与甲字的某一同音字义类相关的丙字作为对字。举两个实例来看:

(56) a. 野鹤清晨出,山精白日藏。(杜甫《陪郑广文游何将军山林》)
　　　b. 事直皇天在,归迟白发生。(刘长卿《新安奉送穆谕德归朝赋得行字》)

(56a)中,依义类"清"字应当对"澄""冽""明"等字,但对句又不合适用这些字,于是一个变通办法就是取"青"与"清"同音之便,用"青"取代"清"以便和"白"成为工整的颜色对。(56b)也是类似的用法,出句中诗人借"皇"为"黄",以便与对句的"白"成为工整的颜色对。

另外一种"加分"的方法是,不但出句与对句对仗,而且在出句与对句中,尚有当句自对的成分,如此一来,只要在各自句中自对工整,即使互对不同门类,也算是工对。例如:

(57) 暂辍洪炉观剑戟,还将大笔注春秋。(刘禹锡《奉和裴侍中》)

出句"剑"对"戟",对句"春"对"秋",对得很工整。"剑戟"对"春秋"虽属不同门类,也还可以算是工对。类似的例子还有:

(58) a. 江山遥去国,妻子独还家。(高适《送张瑶贬五溪尉》)

b. 小院回廊春寂寂,浴凫飞鹭晚悠悠。(杜甫《涪城县香积寺官阁》)

在工整度上比工对略逊一筹的是邻对。邻对,顾名思义,是从邻近的范畴取词为对。根据王力(1968)的研究,这些被认为是邻近范畴者,约有二十类。如果根据前面的讨论,就这些范畴再进行分类,我们可以分出三大类:

(59) a. 语意类

1. 天文与时令;2. 天文与地理;3. 地理与宫室;4. 宫室与器物;5. 器物与服饰;6. 器物与文句;7. 衣饰与饮食;8. 文具与文学;9. 草木花卉与鸟兽虫鱼;10. 形体与人事;11. 人名与地名

b. 语法类

12. 人伦与代名词;13. "有"动词、情态动词与副词;14. 疑问代词及"自""相"与副词;15. 副词与

　　　　连介词;16. 连介词与助词
　　c. 构词类
　　　　17. 方位与数目;18. 数目与颜色;19. 同义与反义;20. 同义与联绵;21. 反义与联绵

语意上邻近类别相对,自然是因诗意上的需要,请看下面几例:

(60) a. 天文对时令
　　　　晓来江气连城白,雨后山光满郭青。(张籍《寄和州刘使君》)
　　b. 天文对地理
　　　　山从人面起,云傍马头生。(李白《送友人入蜀》)
　　c. 器物对衣锦
　　　　独坐亲雄剑,哀歌叹短衣。(杜甫《夜》)
　　d. 文学对文具
　　　　兵书封锦字,手诏满香筒。(张籍《老将》)

　　如果我们以上的观察正确,那么语法类与构词类的邻对又为什么呢?先从语法类看起,类中允许邻对的有代名词、疑问代词、情态动词、连介词与助词,它们都属于语法中的虚词类,其共同特征为语意较空虚,而且类中词的数量都非常有限,属对比较困难,因此就常找些功能相近的词类,如代名词与人伦类名词,疑问代词、情态动词与连介词、副词来对仗。前者因为它们的指称接近,后者因为这几类语意都较虚。请看下面的例子:

(61) a. 代名对人伦
　　　　悲君随燕雀,薄宦走风尘。(杜甫《赠别何邕》)
　　b. 疑问代词对副词
　　　　谁料江边怀我夜,正当江畔望君时。(白居易《江楼月》)

c. "自"对副词

   映阶碧草自春色,隔叶黄鹂空好音。(杜甫《蜀相》)

d. 副词对连介词

   来往皆茅屋,淹留为稻畦。(杜甫《自瀼西荆扉且移居东屯茅屋》)

e. 连介词对助词

   畅以沙际鹤,兼之云外山。(王维《泛前陂》)

至于与构词有关的几个邻对类被放在这里的原因,也明显地与文法类近似,也就是在同一类里头的词数量上有限,如果不作适当的扩充,则会造成对仗上的困难,严重束缚了语意的表达。

(62) a. 同义与联义

   所向无空阔,真堪托死生。(杜甫《房兵曹胡马》)

b. 同义与联绵

   一自分襟多岁月,相逢满眼是凄凉。(刘禹锡《赠同年陈长史员外》)

c. 反义与联绵

   雁行断续晴天远,燕翼参差翠幕斜。(刘兼《春晚闲望》)

最后我们来看看什么是宽对。前头说过,宽对是对仗的底线,也就是人们能够容忍的最低要求,因此对一个研究唐诗对偶句的语言学者而言,这也是最有趣的一点。可惜,在这一点上,王力先生(1968:174)却以八个字以及四个例子轻松带过。那八个字是:"只要词性相同,便可相对。"王先生没说明所谓的词性相同指的是什么,也没点出在宽对的情形到底要分多少词类。我们再来看看王先生举的例子:

(63) a. 津<u>人</u>空守<u>缆</u>,村<u>馆</u>复临<u>川</u>。(王昌龄《沙苑南渡头》)
　　b. 黄<u>莺</u>啼就<u>马</u>,白<u>日</u>暗归<u>林</u>。(綦毋潜《送章彝下第》)
　　c. 饮<u>马</u>鱼惊<u>水</u>,穿<u>花</u>雾滴<u>衣</u>。(元稹《早归》)
　　d. 下<u>药</u>远求新熟<u>酒</u>,看<u>山</u>多上最高<u>楼</u>。(张籍《书怀寄王秘书》)

从王先生所标志出来的字来看,他只涉及名词,而且是名词门类中相去甚远的字,如(63a)中的"人"与"馆","缆"与"川";(63d)的"药"与"山","酒"与"楼"等,所以这些例子看起来对我们的帮助并不大。

蓝少成与陈振寰(1989:74—75)比王先生说得详细些:

> 宽对只要求句型相同,词性相同,即可对仗。它不仅没有工对那样严格要求,而且比邻对也要宽得多。通常所说的宽对,就是指大类的词性相同,如名词对名词,动词对动词,形容词对形容词,副词对副词,这样就可以了。

这段说明和他们先前的叙述是有矛盾的。先前在说明邻对时(1989:73—74),他们曾提到疑问代词与"自""相"等字可以对,副词与连介词可以对,连介词与助词也可以对。如果前面对邻对的解说是正确的话,那么宽对就要比邻对要严格,而不是如引文所说宽得多。

为了避免类似的矛盾,在此我们把本文前头有关对偶句中词类的讨论整理一下:

(64) a. 名词要根据语意再细分出义类,最严的是根据工对的要求,次严的是根据邻对的要求。
　　b. 代名词与名词,尤其是人伦类名词,在邻对时允许互对。

c. 形容词与动词可以不必严格区分,尤其是它们当述语时,这两类可以合并成一大类,称为动形词。

d. 由于语言变迁的关系,动词组内部结构在对仗时可以有较大幅度的通融。①

e. 疑问代词、情态动词、连介词与副词可以互对,因此可以合成一大类,暂名为情态虚词。

f. 语尾助词除了"之"以外,自成一类。

从以上的整理我们可以看出,截至邻对为止,牵涉的词类只有四大类而已,分别是:名词、动形词、情态虚词与语尾助词,因此在这个分类的基础上,我们可以把宽对界定为:

宽对不但没有工对那样严格要求,而且也比邻对宽得多。它只要求句型相近,词类相同,即可对仗。宽对所要求的词类只有四大类:名词(含代名词、方位词等)、动形词、情态虚词与语尾助词。

(四) 句型相似

句型的讨论与词类是密不可分的,尤其是其中牵涉到动词的部分,因此在本文里,一种很自然地从词类过渡到句型的做法,就是从动词组谈起。先前我们曾经说过,在唐诗对偶句里,名词语的对仗是比较讲究的,它们会随着工整度宽严不同的要求,而有相当幅度的变化,而动词语似乎始终如一,不必随对句的讲究与否而起变化。但仔细地观察就会发现,上述的观点只限于简单的动词语,即由单一动词或副词加上动词构成的动词组。稍有涉猎汉语史的人都知道,汉语演变到唐代,在动词组的

---

① 关于这一点,我们下一节再详述。

构成上有相当大的变化,其中最明显的是补语结构的大量使用。近人何乐士在一篇名为《敦煌变文与〈世说新语〉若干语法特点的比较》的论文中,于比较补语的部分先摘录二段《世说新语》和三段敦煌变文,然后她说(1992:180):

> 我们姑且把以上三段文字中,用逗号或句号隔开的一小句,叫做一个谓语读,则共有48个谓语读。其中用补语的有23个,几占半数! 虽然《变文》中就总体来说,运用三个补语(按:即结果补语、趋向补语与程度补语)的百分比,并没有全部谓语读的半数,但三个补语出现次数确实较多,这是《变文》的一个重要特点,也是唐代汉语口语的重要标志之一。

这些新兴句构是魏晋诗中少见的,但在唐诗中就已有不少。在这些新兴句构发展的同时,它们也为汉语构词提供了新的方式,除了原来就有的并列式与偏正式以外,又有新兴的补充式。根据程湘清的研究,在《敦煌变文集》中,像"形成""判定""获得""迎来"这样的复合词就有 194 个,而且它们都是动词。[①] 这些新的句构与构词方式的出现,肯定会对唐诗的对仗方式产生相当

---

① 根据程湘清(1992:2)的研究,《敦煌变文集》一书中有 4347 个复音词,其次类及各次类数目与百分比见于下表:

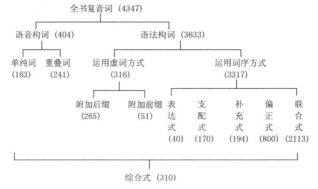

程度的冲击,而这种冲击显现得最清楚的地方,就是对动词组在对仗时的缺乏规范。

事实上王力先生曾经注意及此(1968:176),曾给了下面的例子:

(65) a. 不待金门诏,空持宝剑游。① (李白《寄淮南友人》)
　　　b. 夜久应摇佩,天高响不来。(梁锽《七夕泛舟》)
　　　c. 几年同在此,今日各驱驰。(张籍《送友生游峡中》)
　　　d. 遥知杨柳是门处,似隔芙蓉无路通。(刘威《游东湖》)
　　　e. 箸拨冷灰书闷字,枕陪寒席带愁眠。(来鹏《除夜书怀》)

他解释说,这是因为颔联对仗可以不那么讲究,而且如果是末字的话,还加上必须押韵的考虑。王力先生之说固然言之成理,但是它们全都出现在动词组内部,这似乎透露了一些额外的信息,而这一点是王先生没注意到的。

事实上,在我们的数据库里,这种例子还不算少,中晚唐尤多,但这并不意谓盛唐没有,兹举数例:

(66) a. 平明端笏陪鵷列,薄暮垂鞭信马归。(岑参《西掖省即事》)
　　　b. 流水如有意,暮禽相与还。(王维《归嵩山作》)

(66a)中的"陪鵷列"与"信马归",光从字面上看是相对,但如果仔细分析就会发现内部结构并不一致。前者是[陪[鵷列]名词组]动词组,后者却是[[信马]名词组归]动词组;前者名词组是动词的宾语,而后者却是状语。王维与崔曙的诗句也有类似的问题,

---

① (65a)例可以不把它当作不工的对句,如果我们把"诏"解读成"活用动词"。

稍后的杜工部也有些例子：

(67) a. 却看妻子愁何在？漫卷诗书喜欲狂。（杜甫《闻官军收河南河北》）

b. 不为穷困宁有此，只缘恐惧转须亲。（杜甫《又呈吴郎》）

(67a)出句的结构是：却看〔妻子愁何在〕，而对句却是：（我）漫卷诗书（我）喜欲狂。一个标准的连动式主题串，句型并不平行，更何况"愁何在"的"愁"是名词，而"喜欲狂"的"喜"却是动词。

中唐以后例子就更多了，今爰举数例：

(68) a. 世事茫茫难自料，春愁黯黯独成眠。（韦应物《寄李儋元锡》）

b. 细雨湿衣看不见，闲花落地听无声。（刘长卿《送严士元》）

c. 以我独沉久，愧君相见频。（司空曙《喜外弟卢纶见宿》）

d. 尚想旧情怜婢仆，也曾因梦送钱财。（元稹《遣悲怀》三首之二）

e. 邪佞每思当面唾，清贫长欠一杯钱。（杜牧《商山富水驿》）

f. 病骨犹能在，人世底事无？（李贺《示弟》）

g. 梦为远别啼难唤，书被催成墨未浓。（李商隐《无题》）

h. 长得看来犹有恨，可堪逢处更难留。（吴融《途中见杏花》）

这里可以顺便一提的是，晚唐诗人秦韬玉有名的《贫女》诗，颈联

"敢将十指夸针巧,不把双眉斗画长",有些版本把"针巧"作"纤巧"。杨福生(1999:413)认为,根据文意应以"纤巧"为佳。如果根据我们以上所言,动词组内部结构可以不必讲究,则以"纤巧"对"画长"原也无不可;但若以对仗工整而言,则似乎以"针巧"对"画长"为佳。

从以上有关动词组内部结构的讨论我们可以看出,严格地要求出句与对句结构相同是不可能的,但如果仅要求相似即可,则又牵涉到"要多相似才算相似"的问题。

这是一个相当难回答的问题,不过我们的研究试着从一个新的角度切入,以寻求这个问题的答案。我们的基本假设是:一个句子的基本句型是取决于句中的述语动词(含述语形容词),①诗句亦然。因此我们只要能掌握一个诗句述语动词的数目与种类,大致上就能掌握该诗句的句型。我们根据这个架构对二百多首唐代五言律诗所作的分析其结果如下:

一、五言诗。
(一) 无动词句(47 对句,11.548%)。

　　　雨中黄叶树,灯下白头人。(司空曙《喜外弟卢纶见宿》)

　　　楚岸千万里,雁鸿三两行。(杜牧《池州春送前进士蒯希逸》)

(二) 单一动词句(299 句,73.464%)。
(*对偶联中任一句仅有一动词即归此类)
1. 动词置中(128 句,31.449%)。

　　　泉声咽危石,日色冷青松。(王维《过香积寺》)

---

① 关于这一点的详细讨论请参曹逢甫(1996)。

乱云低薄暮,急雪舞回风。(杜甫《对雪》)

2. 动词在后(88 对句,21.622%)。

绿树村边合,青山郭外斜。(孟浩然《过故人庄》)
香雾云鬟湿,清辉玉臂寒。(杜甫《月夜》)

3. 动词在前(83 对句,20.393%)。

背凉千里道,凄断百年生。(王勃《别薛华》)
悬灯千嶂夕,卷幔五湖秋。(孙逖《宿云门寺阁》)

(三)二个动词以上(61 对句,14.988%)。

潮平两岸阔,风正一帆悬。(王湾《次北固山下》)
白发催年老,青阳逼岁除。(孟浩然《岁暮归终南山》)
开轩面场圃,把酒话桑麻。(孟浩然《过故人庄》)
灭烛怜光满,披衣觉露滋。(张九龄《望月怀远》)
雁引愁心去,山衔好月来。(李白《与夏十二登岳阳楼》)

二、七言诗

(一)无动词句(16 对句,4.124%)。

一千里色中秋月,十万军声半夜潮。(李廓《忆钱塘》)
汉家箫鼓空流水,魏国山河半夕阳。(李益《同崔邠登鹳雀楼》)

(二)单一动词句:(176 对句,45.361%。动词置中:37 对句,9.536%;动词在前:30 对句,7.732%;动词在后:109 对句,28.093%)。

(*对偶联中任一句仅有一动词即归此类)

黄河曲里沙为岸,白马津边柳向城。(高适《夜别韦司士》)

三晋云山皆北向,二陵风雨自东来。(崔曙《九日登望仙台呈刘明府容》)

蜡照半笼金翡翠,麝熏微度绣芙蓉。(李商隐《无题》)

(三) 二个动词句(134对句,34.536%。动词在前、中:76对句,19.588%;动词在中、后:58对句,14.948%)。

鸿雁不堪愁里听,云山况是客中过。(李颀《送魏万之京》)

方同楚客怜皇树,不学荆州利木奴。(柳宗元《柳州城西北隅种柑树》)

花迎剑佩星初落,柳拂旌旗露未干。(岑参《奉和中书舍人贾至早朝大明宫》)

关城曙色催寒近,御苑砧声向晚多。(李颀《送魏万之京》)

(四) 三个动词句(62对句,15.979%)。

风急天高猿啸哀,渚清沙白鸟飞回。(杜甫《登高》)
晓镜但愁云鬓改,夜吟应觉月光寒。(李商隐《无题》)
林空色暝莺先到,春浅香寒蝶未游。(吴融《途中见杏花》)

唐诗对偶句句型的变化可谈的话题很多,但由于不是本文的重点,故不在此详谈。我们想指出的只有一点:对偶句出句与对句在动词数量上不等的情形不是没有,但为数很少,且多半发生在下面几种情形:(一)相对成分有功能上的相似性,如(69);(二)语意上可以对,但句型并不平行的句构,如(70),及唐代新兴的句式,如(71)。

(69) a. 邪佞每思当面唾,清贫长欠一杯钱。(杜牧《商山富水驿》)

b. 独立三边静,轻生一剑知。(刘长卿《送李中丞归汉阳别业》)

(70) a. 无风云出塞,不夜月临关。(杜甫《秦州杂诗》之七)

b. 云罍心凸知难捧,凤管簧寒不受吹。(杜牧《寄李起居四韵》)

c. 几年同在此,今日各驱驰。(张籍《送友生游峡中》)

(71) a. 逐北自谙深碛路,长嘶谁念静边功!(储嗣宗《骢马曲》)

b. 梦为远别啼难唤,书被催成墨未浓。(李商隐《无题》)

在(69a)里,"当面唾"对"一杯钱",前者是动词组,后者是名词组,但因为前者出现在"思"动词的包孕子句,该子句一般认为是名词子句,因此多少也有名词的属性,拿来对"一杯钱"虽然不工,但还能通融。(69b)也有类似的情形,"独立"是由副词加上动词组成的偏正结构,而"轻生"是动词加上名词组成的动宾结构,本来不宜相对,但因为它们都是动词组,而且在句中都是位于句首的主题,因此对仗起来一点也不突兀。

(70a)中以"无"对"不"的情形,前面已有说明,此处不赘。(70c)的情形很相似,"同在此"的相反语就是"分道扬镳",也就是"各驱驰"。因此,虽然"驱驰"对"在此"不工,但一来它们同为动词组,二来语意上对得很工整,因此也可以接受。(70b)的情形稍有不同。首先,我们认为语意上相对的重点在于"难捧"与"受吹",而"知"与"不"只是表达正面的认知与负面的认知。换句话说,和情态动词的情形相似,"知"的语意已虚化,用来和"不"相对还是可以接受的。至于(71a)的"逐北"与"长嘶",以及(71b)的"远别"与"催成",很可能都已经词汇化,不然至少也是很惯用的语辞,故它们的内部结构在对偶上就已经不再被认为是重要的考虑因素。

以上(69)与(70)的句子,都是在结构上看起来平行,而实际上并不平行的例子。套用诗评家的术语,这就是"假平行"。唐诗中假平行的例子还不止这些,碍于篇幅限制不能详细讨论,有兴趣的读者可以参考蒋绍愚(1990)。另有一种特殊对法叫作流水对,它与假平行有密切的关系,但并不等于假平行,因此特别值得我们提出来进一步探讨。

但有一种汉语句式,时常因为语法学家沿用西洋语法架构的关系而被当作不平行句式来讨论。(72)就是很好的例子:

(72) 独立三边静,轻生一剑知。(刘长卿《送李中丞归汉阳别业》)

按照传统的分析,出句中"独立"是状语,整句可以改写成"当他独立时,边界都静下来",而对句"轻生"是名词子句,也是动词"知"的宾语,因故在此提前,整句可以改写成"只有他的佩剑知道他都不怕死"。按此分析,两句在句式上是不平行的,可是汉语的句式,除了主动宾之外,还有更高的一层,那就是主题—评论层(详见 Tsao 1979, 1990, 1993;曹逢甫 1988;Chu, Chauncey C(屈承熹)1998)。按照这一层的分析,则上述两句都是典型的主题—评论句。"独立"与"轻生"都是主题,因此在句构上它们是平行的,也完全符合对仗的要求,并不是不平行的句式。

其他的例子还有很多,兹再举二例:

(73) a. 叶稀风更落,山迥日初沉。(杜甫《野望》)

  b. 关门令尹谁能识,河上仙翁去不回。(崔曙《九日登望仙台呈刘明府容》)

(73a)的出句与对句都可分析为由两个评论子句组成的主题串，即主题＋评论子句1＋评论子句2。图示如下：

主题	子句1	主题	子句2
叶	稀	（叶）	风更落
山	迥	（山）	日初沉

在第一子句部分，即"叶稀"与"山迥"，对得相当工整，但是到了第二子句部分，主题跟子句中动词的关系就明显地不同。按照传统的分析，出句的"叶"是动词"落"的宾语，而对句的"山"却是处所词"于山"的一部分，而整个处所词当作补语，因此出对句在后半部是不平行的。但如果按照主题—评论大架构的分析，则"风更落"与"日初沉"都是评论的部分，因此就那一个层次的分析而言，它们可以是平行的。

(73b)也有类似的分析。"关门令尹"对"河上仙翁"非常工整，但"谁能识"对"去不回"明显地不妥。"能"对"不"，"识"对"回"都很好，问题出在"谁"对"去"，它们明显地词性不合。从传统分析的角度来看，一个是子句，一个是动词组，也不相称。唯一可能的解释就是在最大分析的层次，"关门令尹"与"河上仙翁"分别是主题，而"谁能识"与"去不回"则分别是两句的评论，因此虽然它们的内部结构不相等，但它们所起的语法作用还算相当，可以勉强拿来相对。

梅祖麟与高友工先生在《论唐诗的语法、用字与意象》(1974b)一文中，把律诗的语言分为两种，一种是论断语言，另一种是非论断语言。前者以尾联两句为代表，而后者以中间对仗的两联为代表。他们并且进一步解释，对仗的两联均以平行结构出之，而平行结构的特点是"语法之流畅以'行'为终始，无法贯穿联内之两行，使之一气呵成"（页269）。反之，最后两行为了展现论断的功能,则经常在结构上"不是平行的,而是连贯的"(页269),甚至采用"奔行"(共十或十四个音节)来表达。梅与高两位的说法很有见地,也基本上正确,唯一的例外是流水对,因为流水对只是表面上具有对仗的形式,而在句法结构上,它像流水一样是连贯的。

因为具有上述之特色,所以自古以来谈论流水对的诗评家不胜枚举。综合各家的看法,我们可以看出流水对应有以下四点特色:

(一)声调上它必须平仄相对,亦即合律。

(二)句法上它必须是连贯句,也就是诗的两句在语法上是一句,或一问一答语意相联的两句。

(三)在节奏上,它不是散漫的,而是如流水般连成一气的。

(四)在对仗的工整度上,则可以较一般的对偶句宽松。

(一)和(三)两点语意甚明不用多作解释。(二)的"连贯句"与(四)的"对仗工整"则需要进一步说明。先从第(二)点谈起。要了解连贯句与一般对偶句的不同,最简单的方法就是举两个实例来比较:

(74) a.《过故人庄》 孟浩然
　　　故人具鸡黍,邀我至田家。
　　　绿树村边合,青山郭外斜。
　　　开轩面场圃,把酒话桑麻。
　　　待到重阳日,还来就菊花。
　　b.《旅夜书怀》 杜甫
　　　细草微风岸,危樯独夜舟。
　　　星垂平野阔,月涌大江流。

名岂文章著,官应老病休。

飘飘何所似？天地一沙鸥。

在(74a)里,首联两句可以连起来念,因为第一句的主语"故人"也是第二句的主语。尾联基本上也是如此,前后两句共有的主语都是"我",亦即诗人自己。可是颔、颈两联就不同了,一句讲"青山",一句言"绿树",前句提到两个动作,后句提的是另两个动作,每一句基本上都是独立的,前后两句间并没有语法上的关联。在(74b)里,诗人杜甫却作另一种安排,首联就对起,因此出句与对句都只各自呈现两个名词组,且中间并没有用动词来表明彼此的关系,因此句法上显得散漫。接着诗人连用了两个对仗工整的对联,每联的前后分别谈到不同的主题,句法上还是散漫不连贯的。但到了尾联,情况就完全不同了。它的前句是问题,后句是回答,在语意及语法上连贯在一起,其间的差别只要稍加体会就不难看出了。

至于第(四)点所提的对仗工整度的问题,我们前面已有甚多探讨,在这里只要举几个例子就可以了。就流水对而言,其工整度约可分成三类,分别由(75)(76)(77)诸句为代表。

(75) 工对

    a. 欲穷千里目,更上一层楼。(王之涣《登鹳雀楼》)

    b. 即从巴峡穿巫峡,便下襄阳向洛阳。(杜甫《闻官军收河南河北》)

    c. 一从归白社,不复到青门。(王维《辋川闲居》)

(76) 宽对

    a. 情人怨遥夜,竟夕起相思。(张九龄《望月怀远》)

    b. 承恩不在貌,教妾若为容。(杜荀鹤《春宫怨》)

c. 惟将终夜长开眼,报答平生未展眉。(元稹《遣悲怀》之三)

(77) 不对

a. 遥怜小儿女,未解忆长安。(杜甫《月夜》)

b. 鸿雁几时到,江湖秋水多。(杜甫《天末怀李白》)

(75b)这一联在诗中的作用很特别,值得在此提出说明。杜甫的原诗如下:

《闻官军收河南河北》 杜甫
剑外忽传收蓟北,初闻涕泪满衣裳。
却看妻子愁何在,漫卷诗书喜欲狂。
白日放歌须纵酒,青春作伴好还乡。
即从巴峡穿巫峡,便下襄阳向洛阳。

　　大部分的流水对都出现在颔联,但上述这一联却是该诗的尾联。如前所言,尾联是用来作结之处,因此一般采用论断的连贯语言,而考察该诗的诗意,尾联应以急切归乡的心情作结,因此更不宜以对句出之,因为对句的节奏通常是散漫板滞的,与诗中的要求不符。但杜工部艺高人胆大,竟以一流水对来结束此篇,一方面收工整秀丽之美,一方面又以流水对快速的节奏,以及前后呼应的双"峡"与双"阳",来反映归思的急切,真神来之笔也,不得不令人赞叹诗人谋篇之巧及造句之神奇!

　　总结一下这一节的讨论,我们对句型一致性的看法是:出对句的句构应力求相近,名词性内部结构对得工整的要求较严,而对动词组内部结构的要求则相对地宽松,因此常造成出对句有句型上假平行的情形,这是因为动词组在唐代正在变化之中,有些新兴结构诗律的规范还来不及形成之故。最后我们讨论了流水对,它在句构上常造成假平行的情形,但因为具有对称之美,以及调节一般对句散漫、板滞节奏的功能,因此也甚得诗人的爱戴。

三、语意条件

在唐诗对偶句形式条件的研究上,以往的探讨以语音为对象者最多,其次是语法,涉及语意者凤毛麟角,而且即使有也多半是寥寥数语。

在这一节里,我们拟深入探讨对偶句两句间的语意关系,阅读时所获得的"言外之意"是如何产生的,以及对偶句语意上的避忌为何等议题。

(一) 对偶句的"言外之意"

如前所言,因为古汉语基本上还是一个单音节语言的属性,使得对偶句很早就大量应用于古代诗文,但这并不意味着对偶这种表达方式就只局限于汉语而已。就个人所知,这种方式普遍地出现于其他语言。以英文为例,英文里也有不少接近中文对偶句的例子,如"more haste, less speed"。语句中 haste 与 speed 同为名词,more 与 less 同为表比较量的形容词,一个表"多",一个表"少",两两相对,铢两悉称,非常工整。但是当我们读到被摆在一起对称的两部分时,我们也都能领悟到,除了它们本身的语意之外,还有一层语意是由于这两部分被摆在一起而产生的,这一部分的语意就是对偶句的"言外之意"。唐诗对偶句也是一样,它有相对的两部分,即出句与对句。它们有各自的语意,但当它们两两相对被置于诗中时,也会孳生"言外之意",而这"言外之意"也是诗人要表达的意思中最重要的一部分。

英国对比语言学家詹姆士(C. James 1980:109)在评论篇章

对比时,曾举例说明对偶句在文章里所发挥的语意功能,他说:

> 有经验的作家有时会故意不遵守多变化的原则,而把二到三个平行的结构串在一起。它们所起的作用,是把这些结构上平行的句子在概念上结合在一起,以便在文章里把它们当作一个联系紧密的单位来理解。有几位中古世纪的诗人,曾倡导在写诗时使用这种特殊的写法。Quirk 等人(1972:716)用下面四个例子来阐释平行结构的功用:
>
> (i) Have you ever seen a pig fly? (你曾经见过猪在天上飞吗?)
>
> Have you ever seen a fish walk? (你曾经见过鱼在路上走吗?)
>
> (ii) My paintings the visitors admired,(我的画作,访客很喜欢;
>
> my sculptures they disliked. 我的雕塑,他们不喜爱。)
>
> 在(i)我们有并行的两个"修辞问句",它们并不是正常疑问句,即预期得到回答的那一种,而是用问句形式表达的"挑战"。但虽然作者或说话者说出了两个这样的句子,并不就意味着他提出了两个"挑战"。他总共只提一个,那两个句子应理解成功能上的复叠:借由它们形式上的一致性来增强它们功能上的统一性。在(ii),这两个句子都背离正常的语序,而以宾—主—动的序列出现。虽然,一般说来,作家〔英文作家〕在作品中偶尔也会写出宾—主—动的句子,但并排在一起前后出现,则告诉我们它们有特殊作用,应该被解释成隐含有对照的意义。我们当然可以用加 but 或 however 的方法来达到相同的效果,但用这么一个由两

句平行结构所串成的句子,也能很成功地达到同样的功效。

詹姆士在这段引文里,把平行句的语意功能解释得很清楚。他的主要看法我们可以用(78)的图把它清楚的显示出来。

(78)

a. 大命题 → 命题1 Have you ever seen a pig fly?
　　　　　→ 命题2 Have you ever seen a fish walk?

b. 大命题 → 命题1 My paintings, the visitors admired.
　　　　　→ 命题2 My sculptures, they disliked.

换句话说,阅读者在实际阅读的过程中,主要的任务就是在理解命题1与命题2之外,还要能解释这个因为命题1与命题2并排在一起而产生的"言外之意",而这三者就是大命题的主要部分。把詹姆士的说法应用到唐诗对偶句,那么刘长卿《送李中丞归汉阳别业》与皇甫冉《春思》诗中的名句就可以用(79)来表示。

(79)

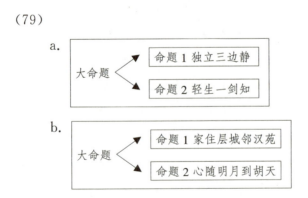

在这里我们可以看出(79a)除了告诉我们这位将军的英勇及视死如归之外,经过诗人巧妙地安排,它们还告诉我们这位将军,

也许有别于其他将军,是两者兼具。在(79b)里,我们除了知道这位妇人身在京城,但心却在胡地之外。经由这样子的对照,更让我们想要知道导致这位妇人身心分离的原因是什么,也因为有了这深一层的了解,方能更加同情妇女的遭遇,为该诗的结语"为问元戎窦车骑,何时返旆勒燕然?"做好铺路的工作。

再回到詹姆士的引文,我们现在知道了,他所引的两对平行结构显然是经过特别考虑的。就语意关系而言,第一对的两句是加添的关系,而第二对两句是对照的关系。换句话说,第一对两句可以用 and 连接,而第二对则可以用 but 连接。这种语意关系的描述也适用于唐诗的对偶句,可以用 and("而且")连接的就是一般所谓的"正对",而可以用 but("但是")连接的就是"反对",这两个概念正是我们下一节要仔细探讨的。

(二) 正对与反对

1. 定义与细类

刘勰《文心雕龙·丽辞》最早提及正对与反对,他所给的定义与例句如下:

	定义	例句
反对	理殊趣合	钟仪幽而楚奏,庄舄显而越吟。
正对	事异义同	汉祖想枌榆,光武思白水。

他并且说:"反对为优,正对为劣。"优劣的问题我们回头再来看,这里先讨论定义问题。

在上一节的最后一段,我们曾建议正对的两句可以用"而且"连接,而反对的两句则只能用"但是"连接。这一点和刘勰的说法是相符的:正对因为"义同",所以可用"而且"连接;但反对因为"理殊",所以只能用"但是"连接。因此,就单纯的语意关系而言,正对与反对两者的差别不大,但如果从理解过程的观点来看,这中间就有明显的不同。正对因为前后两句意义基本上相同,只要能了解其中一句,就能了解整对的基本语意,因此从理解的角度来看是比较容易的。反对则不同了,因为它的两句表达不同的道理(理殊),因此读者一定得两者都了解才行。不仅如此,读者要真正了解该联的意义,一定得进一步去理解它们到底在哪一层面上可以求得"趣合",因此从理解的角度来看,反对比正对难理解,但也因为它需要更加努力,所以也会有额外的收获与乐趣。关于这一层差异,我们在讨论正对与反对的优劣时再来做进一步的阐释,这里先就正对与反对各举十数例并稍加分类。先列反对的类与例。

(80) 人与己

    a. 客似游江岸,人疑上灞陵。(骆宾王《别李峤》)

    b. 日斜江上孤帆影,草绿湖南万里情。(刘长卿《送严士元》)

    c. 以我独沉久,愧君相见频。(司空曙《喜外弟卢纶见宿》)

    d. 万木冻欲折,孤根暖独回。(齐己《早梅》)

(81) 今与昔

    a. 彩笔昔曾干气象,白头今望苦低垂。(杜甫《秋兴八首》其八)

    b. 芳筵想象情难尽,故榭荒凉路欲迷。(王建《李处士故居》)

    c. 马嘶古道行人歇,麦秀空城野雉飞。(刘禹锡《荆门道怀古》)

    d. 此日六军同驻马,当时七夕笑牵牛。(李商隐《马

鬼》)

(82) 事实与想象

　　a. 玉玺不缘归日角,锦帆应是到天涯。(李商隐《隋宫》)

　　b. 可怜无定河边骨,犹是春闺梦里人。(陈陶《陇西行》)

　　c. 乡泪客中尽,孤帆天际看。(孟浩然《早寒江上有怀》)

(83) 短与长,大与小

　　a. 莫言短枝条,中有长相思。(孟郊《古体折杨柳》)

　　b. 松排山面千重翠,月点波心一颗珠。(白居易《春题湖上》)

(84) 人与物

　　a. 昔记山川是,今伤人代非。(张说《还至端州驿前与高六别处》)

　　b. 人世几回伤往事,山形依旧枕寒流。(刘禹锡《西塞山怀古》)

(85) 动与静

　　一千里色中秋月,十万军声半夜潮。(李廓《忆钱塘》)

(86) 身与心

　　家住层城邻汉苑,心随明月到胡天。(皇甫冉《春思》)

(87) 变与不变

　　a. 欢笑情如旧,萧疏鬓已斑。(韦应物《淮上喜会梁州故人》)

　　b. 白狼河北音书断,丹凤城南秋夜长。(沈佺期《独不见》)

c. 于今腐草无萤火,终古垂杨有暮鸦。(李商隐《隋宫》)

以上所列,不过是就反对中较常见之类别而言,较不常见的对照还有很多,读者读诗时随时注意,自会时有所见。

　　正对之例多得不胜枚举,以下仅举十余例以见一斑。

(88) a. 高阙银为阙,长城玉作城。(卢照邻《雨雪曲》)
　　b. 晓月临窗近,天河入户低。(沈佺期《夜宿七盘岭》)
　　c. 明月松间照,清泉石上流。(王维《山居秋暝》)
　　d. 荒城临古渡,落日满秋山。(王维《归嵩山作》)
　　e. 鸿雁不堪愁里听,云山况是客中过。(李颀《送魏万之京》)
　　f. 汉家箫鼓空流水,魏国山河半夕阳。(李益《同崔邠登鹳雀楼》)
　　g. 两水夹明镜,双桥落彩虹。(李白《秋登宣城谢朓北楼》)
　　h. 感时花溅泪,恨别鸟惊心。(杜甫《春望》)
　　i. 露从今夜白,月是故乡明。(杜甫《月夜忆舍弟》)
　　j. 花径不曾缘客扫,蓬门今始为君开。(杜甫《客至》)
　　k. 亲朋无一字,老病有孤舟。(杜甫《登岳阳楼》)
　　l. 估客昼眠知浪静,舟人夜语觉潮生。(卢纶《晚次鄂州》)
　　m. 山色遥连秦树晚,砧声近报汉宫秋。(韩翃《同题仙游观》)
　　n. 几处早莺争暖树,谁家新燕啄春泥?(白居易《钱塘湖春行》)

o. 远芳侵古道,晴翠接荒城。(白居易《赋得古原草送别》)

p. 锁衔金兽连环冷,水滴铜龙昼漏长。(薛逢《宫词》)

q. 岭树重遮千里目,江流曲似九回肠。(柳宗元《登柳州城楼寄漳、汀、封、连四州刺史》)

r. 贾氏窥帘韩掾少,宓妃留枕魏王才。(李商隐《无题》)

s. 春蚕到死丝方尽,蜡炬成灰泪始干。(李商隐《无题》)

t. 顾我无衣搜荩箧,泥他沽酒拔金钗。(元稹《遣悲怀》三首之一)

最后一例我们得稍作说明,有人看到字面上的"我"与"他"相对,因此就把它分析为反对的例子。事实上,如果我们从整句的语意出发,就会发现出句说"他为了我无衣而搜荩箧",对句说"我害他为了沽酒而拔金钗",两句应该是平行相加的关系,基于此我们认为它还是属于正对。

2. 反对为优

刘勰很清楚地指出"反对为优,正对为劣",傅庚生(1976)赞成,而张梦机(1981)与周振甫(1987)则持反对意见。后者认为在唐诗对偶句中,正对占了十之七八,数量上比反对多出数倍,又如果以大家所熟知的名对而言,正对之数也绝不少于反对。这些不赞成"反对为优"的理由虽然都言之成理,但恐怕都没有真正了解刘勰的原意,刘勰此说至少可以从三方面来理解。

先前我们曾从读者理解方法不同的角度来对正对与反对加以讨论,我们认为要理解正对只要循着字面意义去索解即可。例如在面对白居易这副诗联:"几处早莺争暖树,谁家新燕啄春泥?"(《钱塘湖春行》)虽然表面上两句分写"早莺"与"新燕",但我们的经验告诉我们,它们属于同一类,都是"春天的先遣部队"。只要你理解了第一句,第二句事实上只要顺着同一方向去理解即可。但要理解两句成功的反对则要多费点功夫了。举陈陶绝句《陇西行》的后两句为例:

可怜无定河边骨,犹是春闺梦里人。

当我们读到这两句诗时,我们首先发现诗人说了一件违反经验事实的话,因为我们都知道一堆白骨是不可能和一个被日夜思念的活人同时存在的,但诗人在此却说无定河边的那堆白骨是深闺女子所日思夜想并且在她梦中出现的人。为了要解开此谜,我们回头看前两句:

誓扫匈奴不顾身,五千貂锦丧胡尘。

于是我们恍然大悟,原来深闺女子所思念的人已"丧胡尘",但在当时音书遥隔的情形下,该女子还不知道自己日夜思念的人已化作一堆白骨,而这一段悲惨凄美、赚人热泪的故事,诗人却简单地用四行二十八字就把它表达出来。他之所以能做到这一点,最主要的是靠后两行的这一联反对,因为后一联"理殊"的对照,特别容易引发"言外之意"的理解,这正是反对之所以优于正对的理由之一。

另外,反对因为它的对照功能也经常被安排出现在高潮处来凸显某一关键性对照,就像陈陶的《陇西行》那样,因此它在非律诗的诗篇中,还负有特殊的篇章功能。这是另外一点它优于正对之处,不过这一点得等到我们谈篇章功能时再详谈。

到目前为止,我们谈的都是反对正面的优点,其实这个问题也可以从正对可能的流弊着眼来讨论。正对因为是以相似的情况或相似的词语为对,所以一不小心就容易犯"合掌"的毛病,也就是说了两句话而实际上只谈到一件事。这是另外一件"反对"优于"正对"的理由。至于什么样的正对才算合掌,诗人多半用些什么方法来趋避,我们留待下一小节再来说明。

3. 对偶的避忌——合掌

刘勰在《文心雕龙》中把正对界定为"事异义同"。如果我们拿李商隐《无题》诗的颔联"春蚕到死丝方尽,蜡炬成灰泪始干"为例,我们就可以明确地指出,出句与对句一言"春蚕",言其至死方不再吐丝,一指"蜡炬",说它烧完了以后,烛泪始不再流,分别说明两件事,所以说是"事异"。但从诗的上下文来看,我们都知道"春蚕"与"蜡炬"其实都是隐喻,两者皆用来比拟爱情,同时说明一个忠于爱情的人,对爱的坚贞是至死不渝的,所以说这一联的两句是完全符合刘勰所说的"事异"(分别陈述两件事)而"义同"(在诗中它们具有相同的意义)。

但李商隐毕竟是名家,具有过人的才华去选取两个非常精当的隐喻,并且以精妙工整的对仗方式把它们说出来。一般人少了这份功力,就往往只注意到"义同",而忽略了"事异"的要求,于是犯了诗家所谓"合掌"的弊病。"合掌"本身也是一个很好的比喻词,说对偶的两句就像人之两掌,虽分左右,但大小差不多,且形状一致,所以合起来就像一个模样。这个比喻的传神处还不止此,我们可以顺着两掌各有相对应的五个手指头来作进一步的比拟。如果我假设出句与对句各有五个对应的成分,而且这五个成分也都相似,那么它们就分别都是相应成分的相似词。因此我们可以倒过来说,如果出句与对句对应的词都分别是相似词,那么两句就犯了合掌的弊病。

当然,如果犯了这种毛病,整首诗就失去了可读性,也就不太可能流传下来,因此要找到真正合掌的诗句几乎是不可能的。

但在一联中有几个同义词相对的情形是有的,我们先来看几个例子:

(89) a. 蝉噪林逾静,鸟鸣山更幽。(王籍《若耶溪》)
　　　b. 宣尼悲获麟,西狩泣孔丘。(刘琨《重赠卢谌》)
　　　c. 花径不曾缘客扫,蓬门今始为君开。(杜甫《客至》)

在(89a)例中,诗人王籍的造意很好,他点出了我们共有的经验:在某种特定的情况,有了声音反而越显得环境的清静,就像我们常用可以听到他人的心跳声来表示环境的寂静。但可惜的是在一联的十个字中就有"噪"与"鸣"、"逾"与"更"、"静"与"幽"这几组同义词,因此《蔡宽夫诗话》说它有合掌之病。(89b)用的是孔子的典故,鲁国人在国境西边打猎打到了一只麒麟,孔子听到了这件事以后,曾为此落泪,并感叹他的道行不通了。所以(89b)的两句分明是在叙述同一件事,违反了刘勰"事异"的原则。更何况句中"宣尼"即"孔丘","悲"与"泣"同义,同义词占了很大的比例,因此也常被人引为合掌之例。不过以上两例都是晋代的作品,在当时合掌之忌显然不是那么严格,因此这些诗句还是保留下来了。

　　最后一例是杜甫的名诗《客至》的颔联,也是一向有争议的例子,傅庚生(1976)认为有合掌之嫌,而蓝少成与陈振寰(1989)则持相反的意见。此联之所以会引起争议,最主要的是有"不曾"与"今始"、"缘"与"为"、"客"与"君"三组同义词,似乎以唐诗对偶句的标准而言,所占的比例太大了点。不过唐代律诗严格要求趋避合掌最主要的理由,是因为律诗规模都很小,所以应极力避免重复。但重复同时也是很常见的修辞手段,遇到语意有需要加重之处,就有可能和律诗避免合掌的要求互相冲突,在这个时候,诗人就会面临严峻的抉择,愚意以为杜甫在写《客至》时正是处于这么一个矛盾之中。整首诗是这样写的：

(90)《客至》 杜甫
　　舍南舍北皆春水，但见群鸥日日来。
　　花径不曾缘客扫，蓬门今始为君开。
　　盘飧市远无兼味，樽酒家贫只旧醅。
　　肯与邻翁相对饮，隔篱呼取尽馀杯。

一开始诗人就明白指出：经历了冬日天寒地冻的日子，已经很久没有客人来访，好不容易等到春天来(居处附近皆春水而群鸥日来)，又有贵客来访，他的心情真的是高兴异常，而这种久待客始至的心情正是诗人所要传达的重点之一，也因此值得特别强调。在面对这种冲突时，诗人就以他高度的技巧，写出了这么一对看似合掌又不完全合掌的诗句来。

总结一下先前的讨论，我们可以相对肯定地说，如果在出句与对句中，有超过一半以上的词语是相似词时，那么该联一定有合掌之嫌，应该重写，而且除非诗人有非常重大的理由须用复叠方式来强调，否则近似合掌的对偶句，应力求避免。

避免合掌的方法就是尽量在出句与对句中去创造一些不同，我们先来看前人如何修改近似合掌的例子。《蔡宽夫诗话》除了指出前引王籍诗之病外，还讨论了改写之道。王安石把它同谢贞《春日闲居》诗"风定花犹落"配合起来，形成"风定花犹落，鸟鸣山更幽"的对句。这样子出句写所见，对句写所闻，看到的是"静中有动"，听到的是"动中有静"，两句有所区隔就不会有合掌之嫌了。事实上这里所点出来的也是唐代诗人常见的手法，譬如用一联来写景，一句写声，一句写色，如此既可对得工整，又可避免合掌。请看下面的例子：

(91) a. 莺声诱引来花下，草色勾留坐水边。（白居易《春江》）

b. 山色遥连秦树晚，砧声近报汉宫秋。（韩翃《同题仙游观》）

c. 苍苍竹林寺，杳杳钟声晚。（刘长卿《送灵澈上人》）

d. 长乐钟声花外尽，龙池柳色雨中深。（钱起《赠阙下裴舍人》）

或者，更扩而大之，一写所见，一写所闻。这类的例子俯拾皆是，是唐代诗人对偶句最常见的技巧之一，例如：

(92) a. 芳春平仲绿，清夜子规啼。（沈佺期《夜宿七盘岭》）

b. 明月松间照，清泉石上流。（王维《山居秋暝》）

c. 漠漠水田飞白鹭，阴阴夏木啭黄鹂。（王维《积雨辋川庄作》）

d. 气蒸云梦泽，波撼岳阳城。（孟浩然《望洞庭湖赠张丞相》）

e. 映阶碧草自春色，隔叶黄鹂空好音。（杜甫《蜀相》）

f. 三晋云山皆北向，二陵风雨自东来。（崔曙《九日登望仙台呈刘明府容》）

g. 溪云初起日沉阁，山雨欲来风满楼。（许浑《咸阳城西楼晚眺》）

h. 细雨湿衣看不见，闲花落地听无声。（刘长卿《送严士元》）

i. 星河秋一雁，砧杵夜千家。（韩翃《酬程近秋夜即事见赠》）

j. 汉家箫鼓空流水，魏国河山半夕阳。（李益《同崔邠登鹳雀楼》）

k. 鸡声茅店月,人迹板桥霜。(温庭筠《商山早行》)

这种对仗的技巧,一来好用,二来符合写景的需要,因此用者日多。到了中晚唐,即使诗人沿用此法,也多半在对仗上带进一些进一步的变化,例如:

(93) 深秋帘幕千家雨,落日楼台一笛风。(杜牧《题宣州开元寺水阁下宛溪夹溪居人》)

在(93)这一联,杜牧在出句的描写是先虚后实,"深秋帘幕"是比喻,而"千家雨"则是实写。对句则反之,"落日楼台"是实写,"一笛风"是虚,虚实掺半并且互相对当,别饶风味(姜书阁 1982:227)。

也有一些诗联是从"色"与"香"或所见与所闻(嗅觉)两方面来描述的,例如:

(94) a. 千门柳色连青琐,三殿花香入紫微。(岑参《西掖省即事》)

b. 林空色暝莺先到,春浅香寒蝶未游。(吴融《途中见杏花》)

c. 疏松影落空坛静,细草香闲小洞幽。(韩翃《同题仙游观》)

d. 晓随天仗入,暮惹御香归。(岑参《寄左省杜拾遗》)

当然,在一联正对的两句中,可能想象的小对照、小不同可以说无穷无尽,可以是远近如"绿树村边合,青山郭外斜"(孟浩然《过故人庄》);可以是个人的感受与身体的状况,如"万里悲秋常作客,百年多病独登台"(杜甫《登高》);可以结合颜色、触觉、味觉或心理感受来写,如"柳色黄金嫩,梨花白雪香"(李白《宫中行乐词》),又如"锁衔金兽连环冷,水滴铜龙昼漏长"(薛逢《宫词》);更可以分用两个典故来分别谈论一个人的才与貌,如"贾氏窥帘韩掾少,宓妃留枕魏王才"(李商隐《无题》);或如前所言,用两个不同的比喻来显示爱情的至死不渝,如"春蚕到死丝方尽,蜡炬成灰泪始干"(李商隐《无题》)。其间变化之繁富端赖想象力之发挥,因此,虽说正对可能有合掌的弊病,但只要花点心思,用心经营,还是可以写出很好的诗联的。

四、对偶句的篇章修辞功能

(一) 对偶句在歌行中的功能

对偶句最主要的篇章修辞功能无疑是对比,这一种功能我们可以很清楚地从张籍《节妇吟》中的对偶句看出来。原诗如下:

(95) 君知妾有夫,赠妾双明珠。
感君缠绵意,系在红罗襦。
妾家高楼连苑起,良人执戟明光里。
知君用心如日月,事夫誓拟同生死。
还君明珠双泪垂,恨不相逢未嫁时。

全诗共十句,除了七、八两句为对偶句之外,其余皆为散行。这对仗的两行正好是诗中妇女(自称妾者)内心冲突的最高点,也是全诗的高潮。诗人很巧妙地以散行叙述故事的进展,说君知妾为有夫之妇,却送给我二颗价值连城的明珠。妾为了感念你的钟爱之情,于是把它们系在红丝袄上。可是妾回头一想,妾为有夫之妇,良人虽为了捍卫国家而离开了我,但我跟他早有誓约要厮守终生,同生共死,所以一方面是感念你的情深意重,另一方面是谨守对丈夫同生共死的承诺,这一种内心的冲突与挣扎可谓至深且巨。因此为了突显这种内心巨大之矛盾与冲突,于是改以对偶句出之,以君之用心来对夫之誓约,把内心之冲突借对句而图像化(iconized)、具体化,加深了读者的感动,达到最好的效果,这真是诗人神来之笔。①

(二) 在绝句中的篇章功能

一般的律诗,因为中间两联对偶是格律中必用的部分,所以诗人无法像张籍在《节妇吟》里那样有选择地把对偶句摆在诗的高潮处,但绝句却不受这个限制。诗人在写绝句时,可以选择前两行或后两行对仗。根据个人的观察,前两行对仗以正对为主,而后两行对仗则以反对为主,这是因为前两行具有起承的任务,而起与承的语意关系是以平行为主;后两行就不同了,它们负有转与合的任务,因此使用反对来呈现对比的较多。请看下列诸例:

(96) a. 袅袅城边柳,青青陌上桑。(张仲素《春闺思》)
　　 b. 千山鸟飞绝,万径人踪灭。(柳宗元《江雪》)
　　 c. 白日依山尽,黄河入海流。(王之涣《登鹳雀楼》)
　　 d. 苍苍竹林寺,杳杳钟声晚。(刘长卿《送灵澈上人》)
　　 e. 故国三千里,深宫二十年。(张祜《宫词》)
　　 f. 功盖三分国,名成八阵图。(杜甫《八阵图》)
　　 g. 岐王宅里寻常见,崔九堂前几度闻。(杜甫《江南逢李龟年》)

---

① 有许多诗评家认为,这首诗还有更深一层的寓意,应该把它当成寓言诗(allegory)来念。个人虽然觉得以当时的社会环境而言,这个可能性肯定是存在的,但一来那不是本文的重点,二来再深的寓意都得植根于那一种情境与三角恋情之间的相似性,因此本节的重要性仍应置于——女主角内心的冲突要如何借一联成功的反对给表达出来——这一点上。

h. 人闲桂花落,夜静春山空。(王维《鸟鸣涧》)
i. 山围故国周遭在,潮打空城寂寞回。(刘禹锡《石头城》)
j. 新年都未有芳华,二月初惊见草芽。(韩愈《春雪》)
k. 定定住天涯,依依向物华。(李商隐《忆梅》)

以上十一联,除了最后两联(j)与(k)有可能解释成含有对比的反对以外,其余的清一色是正对,这是因为绝句前二句的篇章功能是起与承,二者的语意关系是平行的,如果以对句的方式出之,自然以正对为宜。看完了前半首的对句,现在来看后半首的,而我们发现这里的对句多半是反对。先前我们已讨论过陈陶的《陇西行》,并指出它的后半是一联绝妙的反对。现在我们再来看其他的例子:

(97) a. 床前明月光,疑是地上霜。
举头望明月,低头思故乡。(李白《静夜思》)
b. 白日依山尽,黄河入海流。
欲穷千里目,更上一层楼。(王之涣《登鹳雀楼》)
c. 泠泠七弦上,静听松风寒。
古调虽自爱,今人多不弹。(刘长卿《弹琴》)

李白的《静夜思》是大家耳熟能详的例子。前半由床前之月光被误认为是地上霜,因而想起时序飞快轮转,自己离家已有一段时日。后半则是在看清所见为月光以后,举头望月作进一步的确认,但此时思乡的情绪已被勾引起来,抬头望月又让他想起同一个月亮照耀下的故乡,因此他又低头沉思起来。这首诗表面看起来很简单,但背后所蕴含的诗人、地上霜、月亮与故乡之间的关系,是很复杂的,而且这种复杂的关系与思想转折的过程是不可能在一首五言绝句里面完全交代清楚的。因此,写绝句的高手就要有画龙点睛的妙招,而无疑地在这首绝句里,这一招就是借由后半的"举头—低头"简单的对照来勾引起无穷的思乡情绪。

王之涣的《登鹳雀楼》则以一联正对开始,直接点出所见景物及时间。后半则话锋一转,以另一种对法——表条件与结果的反对——把话题带入虚拟的世界,并借此把眼前事物与登楼的关系,很有技巧地点出来——只要再稍作努力往上爬升一层,境界自然更加开阔,所见景物自然更加美妙。①

最后,刘长卿的《弹琴》也有可观之处。诗人先以寒冷的松风来比喻泠泠的弦声,指出了曲调之美妙。接着在后半首指出像这样可爱的弦声,今人多已不知其妙了,由于这是诗旨所在,因此诗人很巧妙地以一个反对来凸显古调与今人之间的矛盾。再者,因为后两句在诗中处于转合之处,不易以很工整的对仗来写,因此一般诗人少有用对句的,即使要用对句,也多半用行文较活泼的流水对来处理。本诗如此,前引的两首诗以及陈陶的《陇西行》也都是如此,这也再度证明,我们先前有关流水对的语言节奏与篇章功能的讨论,基本上是正确的。

(三)在律诗中的篇章功能

在本书的第一章我们谈到绝句的结构,在作结论时曾提到,如果把律诗的一联当作一个语意单位,那么律诗的四联也可以说具有"起承转合"的功能,这个意见在诗评家中也有不少赞同者。② 我们的研究也显示,中间对仗的两联,因为各自表达一个大命题,所以与上述理解是兼容的。但首联和尾联,如前所言,

---

① 因为登高望远也常用来比喻人生的境界,因此这首诗也常被拿来当励志诗念。关于这一点我们在第一章已有较详细的说明,此处不赘。

② 请参见施瑛(1972)、张志公(1983)、蓝少成与陈振寰(1989)。

可以对仗或不对仗,可以是连贯句或非连贯句。如果是对偶句或连贯句,那么它们就可以表达一个统一的命题,而这个命题可以承担"起"或"合"的功能。又它们若不对仗,或是非连贯句,在那种情形之下,首联和尾联的两句是否表达统一的命题,是不敢绝对保证的。因此根据我们的分析,我们倾向于支持蓝少成与陈振寰的看法,认为大部分律诗的四联,不论对仗与否,都表达一个统一命题,而且这些命题是用"起承转合"四项功能把它们组织成一个首尾连贯的诗,但也有少数例外。

如果这么一种篇章功能的分布可以确定的话,那么我们再进一步来看,这种分布对额、颈两联的对偶句会产生哪些影响。

首先,梅祖麟与高友工(1974b:269—270)曾引用卡西勒的说法,把诗的语言分成论断语言与意象语言,他们并指出唐代律诗的尾联基本上为论断语言,中间额与颈两联则为意象语言,而首联则介于两者之中,得看实际情形而定,不过一般倾向于论断语言。这是一种很有意义的分法,也跟我们先前对各联篇章功能的描述若合符节。尾联的功能是"合",是用来论断是非之处,是用来作概括性陈述的地方;而中间两联为对仗,很适合塑造意象;首联则因诗而异,有些诗一上来就使用意象语,如杜甫的《旅夜书怀》:

(98)《旅夜书怀》 杜甫
　　　　细草微风岸,危樯独夜舟。
　　　　星垂平野阔,月涌大江流。
　　　　名岂文章著,官应老病休。
　　　　飘飘何所似?天地一沙鸥。

在诗中,诗人不但首联就用对,而且还没有用任何动词,纯是意象语的堆叠。从这些意象中,我们隐约可以得知,诗人是在一艘夜舟上,而夜舟正停靠在有细草且吹着微风的岸边。

大部分的律诗,就像孟浩然的《过故人庄》一样,选择以非意象语来破题。孟浩然选择用一个连贯句把到田庄作客的理由明白道出:

(99)《过故人庄》 孟浩然
　　故人具鸡黍,邀我至田家。
　　绿树村边合,青山郭外斜。
　　开轩面场圃,把酒话桑麻。
　　待到重阳日,还来就菊花。

接着两首诗都各自展开意象语的经营。杜甫在颔联用眼前的景物,例如"星""月""平野""大江",但却神奇地用几个动词把它们组成一幅迷人的动画。星星在遥远的天边垂挂着,平野因而显得特别宽阔,而随着大江的流动,月亮好像由水底涌上来。这样一来就和首联的静态画面呈现对比,虽然语意上还是承着首联的意境而来,发挥了"承"的功能。颈联话锋一转,回到旅者(诗人自己)面对这么一个场景的感受。说自己到处漂泊,做了个小官,也写过不少诗篇,但一个人的声望并不会因为文章而著名,而这个小官也应该因为个人身体状况不佳而退下来。最后诗人半带自嘲地问自己:"你这样到处飘零,到底像什么呢?"答案是:"天地间孤零零的一只沙鸥。"

再回到孟浩然的诗,在首联很平实地开启话题后,诗承续该话题——到访,并平实地呈现他的所见:近处的村边有绿树,远处的城郭外有青山。这虽然是静态的图画,但诗人却画龙点睛似地在句末安排两个动词,"合"与"斜",仿佛使整个图画动了起来,类似于电影呈现的那种动态感:两排延伸的绿树在村边交合在一起,还有一行青山斜斜地往郭外延伸出去。讲完了静态的场景,就应该进入邀宴的主题。诗人在此简单地以四个连续动作来呈现:"开轩""面场圃""把酒""话桑麻",这些描述充分符合主人的身份,以及一个纯朴农家邀宴的实情。这一联虽然以呈现动作为主,但因为有些动作,如"面场圃""把酒""话桑麻",都可以持续相当长一段时间,因此可以说是"动中有静",这和颔联的"静中有动"呈现对比,使得中间两联在呈现意象的同时,不至于有板滞的感觉。① 尤有进者,这一联在诗中也充分地发挥了"转"的功能。它一方面接续颔联的旨趣,一方面也开启尾联的话题,给尾联的"合"提供了合理的台阶:喝得酒酣耳热、宾主尽欢之后,很自然地就会要订定下次约会的时间,因此尾联就很自然地呈现出来,双方约定在重阳日再来观赏菊花。但诗人一来要突显主人纯朴高洁之人格,二来也配合农庄的背景,于是说"就"菊花。这个"就"字真的是诗眼,只安一字就尽得风流,诗人的功力真是非同小可。

　　总结一下,我们发现在律诗中,对仗的颔联与颈联分别承担了"承"与"转"的篇章任务。一来因为它们的任务不同,二来为了避免中间两联在结构上过分相似,因而严重影响整首诗的节奏,因此,诗人往往在颔联与颈联的对仗上会有所变化。在《旅夜书怀》一诗里,杜甫以颔联写景、颈联抒情的方式来处理,而孟浩然的《过故人庄》则用颔联来描写静态的场景(因为动词的巧妙运用,使得它有动态的感觉),以颈联来描述宴饮时的四个连续动作(动词多为持续很久之动作,可以说是动中有静)。这两首诗的颈联都可以很自然地导入尾联的"合"语,因此这两首诗就篇章结构而言,都是很高妙的。而其中成败的关键,有一半系于中间两联对仗的巧妙安排,可见颔颈二联在律诗结构上是居

---

① 进一步的讨论请参黄永武、张高评(1983:388-389)及本书第贰章。

于枢纽的地位。可惜在这方面较具规模的研究还未之见,而有些零星见解也多半是读诗时的零星感悟。这无疑是一个非常值得开发的领域。

五、结　语

(一) 总结

综合先前有关对偶句形式条件的讨论,我们有几点重要的发现:

1. 诗的两行为对偶句,如果(一)两行的音节数相等;(二)平仄基本上相对;(三)两行中对应的词类别相似;(四)两行之句型基本上相似。

2. 语意方面:如果两行诗不涉合掌,它们又各自拥有一个语意,而且二者合起来还可以产生一个更大的命题,而这个命题可以配合诗意的发展,使整首诗成为一个首尾连贯的、有组织的表意单位,那么该二句就是对仗的一联。

3. 对偶句在篇章中最大的功能就是,用反对来突显某些关键性的对照,这一点在歌行体与绝句中都可以清楚地看到,但在律诗中,因为其中两联按照诗律必须对仗,因此这一种突显对照的功能反而不甚明显。不过,律诗的颔联与颈联因为分别负有承、转的篇章功能,因此属对时就要尽量考虑如何在诗中突显这两项功能。

4. 我们的细部讨论也有一些前人所不曾见之发现:

(1) 我们发现:"字"在上古汉语与中古汉语语法里有不同的地位。上古汉语基本上还是以单音节为主,"字"与"词"的分界并不重要,因为大部分的汉字都是一个词,但是到了唐代多音节词越来越多,"字"与"词"的区别就日趋重要。就对仗的规律而言,在语音上显然没有做调整的必要,事实上也没做任何调整。而在语法上曾经做了调整,但只能照顾到当时已有相当数量存在的双音节词,如联绵词、同义复词、反义复词,但对当时正逐渐浮现中的动补复合词、动宾复合词则还未纳入诗律的考虑。这一点正好可以解释我们先前所做的观察,唐诗的对仗,名词组往往还得考究其内部结构,但动词组内部结构则无此顾虑。

(2) 我们在讨论平仄相对时发现,基本上平仄在诗中的分布,是可以用几条规律加以处理的,如此一来,只要了解规律所代表的意义就很容易记住了,而不必死背平仄的调谱。了解这些规律所代表意义的另一项好处是,诗律学上所谓的失黏、失对的拗句,事实上都是违反了上述规律的结果,因此拗救的基本精神就是在"同行"中或在"对行"中的某处做调整,使两行的平仄恢复平衡。

(3) 就对仗所牵涉的词的类别而言,我们一再强调,必须先区分词在句中的分类,以及词在诗中对偶所分的类别,而且我们必须把工对与邻对的要求与宽对的要求分开来讨论。在工、邻对时,我们需要区分八大词类,名词还要根据义类再作细分,而形容词还可以分出数量词、颜色词;但在宽对时,只要区分四大词类就足够,那就是名词(含代名词、疑问代名词,如"谁")、动词(含形容词)以及副—介—连词和语尾助词即可。

(4) 我们在语意上为"正对"与"反对"做区分,并举出三大理由来说明为什么"反对为优"。我们更精确地界定什么是合掌,认为只要出句与对句有一半以上的词为相似词或有相同指称,该联即有可能患了合掌之病。

(5) 我们也针对流水对提出了我们的看法,认为它可以界定为具有某种对仗形式的连贯句,它之所以常被提出来讨论是因为它和一般对句在节奏上有显著的不同。一般而言,律诗的尾联因为有收合的功能,因此一般都用连贯句,而中间的两联则因为需要对仗,而无法在语意及语法上一贯而下。流水对就是因为能够兼有两者之长而为许多诗家爱用。

(二) 律诗名作赏析

笔者一向的信念是,诗的分析一定要能帮助我们对它的了解与欣赏,因此在本篇的最后,我也想举几个实例来作整体的赏析。

(100)《房兵曹胡马》 杜甫
      胡马大宛名,锋棱瘦骨成。
      竹批双耳峻,风入四蹄轻。
      所向无空阔,真堪托死生。
      骁腾有如此,万里可横行。

这是杜甫少数几首咏马诗之一,咏的是一匹胡马,说它来自大宛,而且有锋棱的瘦骨,因此首联明显有引介房兵曹胡马进入诗之言谈领域的作用,这一点完全符合"起"的功用。接着诗人在颔联描述胡马的特色,说它双耳峻峭有如竹批而成,又说它在风中急驰犹如腾云一般轻盈,因为风已入马之四蹄。这是正对典型的例子,虽然同样是在描述胡马之特色,但第一句静写其耳,第二句描写它飞腾之迅速是动态的描写,一静一动配合得很好。虽说这两句的描写都或多或少有诗人想象的成分,但诗人却以一种坚定口气出之,而他选择的方式,就是我们先前所讨论的特殊兼语式。这是一种唐诗特有的简缩式,能把两种相关的特质压缩成一句话,亦即"竹批"与"峻"、"风入"与"轻"一起出现在句中,共同修饰"双耳"与"四蹄"。此外,选择此式还有一个好处,那就是最紧要的修饰语"峻"与"轻",可以出现在句尾焦点的位置。说完了胡马的特色,在颈联诗人话锋一转,道出他的评价。他对胡马是赞叹有加,认为它驰骋迅速,任何距离对它而言都不是问题,因此非常值得把一个人的性命托付给它。经颈联这么一转折,合句也已呼之欲出——谁得了这么一匹骁腾,谁就可以横行天下了。诗家常说,在律诗中颈联位居枢纽的地位,它一方面要让前半首的诗旨能连贯到后半首,一方面又要能开启新意,为尾联的合句提供立论的基础,因此从结构的观点来看,它是成败的关键点。证之本诗真是确论。

(101)《赋得古原草送别》 白居易
  离离原上草,一岁一枯荣。
  野火烧不尽,春风吹又生。
  远芳侵古道,晴翠接荒城。
  又送王孙去,萋萋满别情。

　　这首诗在结构上也很有特色,它先以叠字"离离"来形成感叹,首联也是连贯句;第二句并指出诗的主旨——草的"荣""枯"交替,因此颔联承上,就把代表"毁灭"(枯)的"野火"与代表"再生"(荣)的"春风"双双放在主语/主题的位置,产生强烈的对照。这一联因为句法与语意连贯而下,而且对仗工整,因此是很好的流水对,也是相当脍炙人口的一联。

　　颈联两句的主语/主题继续承接首联之"原上草",但用"远"来修饰以状其扩散之广,用"晴"来形容以充分展现它在阳光下亮丽的色彩。这样充满生气的主语/主题另有一个好处,就是它们和句子的宾语"古道"与"荒城"一方面产生对比,但一方面又紧密的连接在一起,就像草的枯与荣,虽是不同的两个阶段,却也是紧密衔接的两个阶段,而用来把它们连接在一起的正是动词"侵"与"接"。"侵"字下得非常妙,它一来和"接"字呼应,二来把野草那种旺盛的生命力、那种挡都挡不住的活力,表现得淋漓尽致,可见诗人炼字功夫之高妙。如前所言,颈联居于枢纽的地位,它不但要能承先,而且要能启后,就这一点而言,这一联也是颇见功力的。宾语"古道"与"荒城"已经暗中点出送别之意,因此颈联一结束,尾联就可以顺势而下,进入送别与离情。"王孙"的典故在这里也用得非常妥适,因为《楚辞·招隐士》曰:"王孙游兮不归,春草生兮萋萋。"用了这一个典故就可以把"送别""春草"与"别情"全部牵连在一起,也很自然地就引出了末句的"萋萋满别情"。

无论是从炼字、用典、属对、造句、谋篇的哪一角度来看,这都是一篇非常成功的五律,难怪千年来它传诵不绝,一直很受欢迎。

下面我们来看两首七律的例子。

(102)《春思》　皇甫冉①
　　莺啼燕语报新年,马邑龙堆路几千。
　　家住层城邻汉苑,心随明月到胡天。
　　机中锦字论长恨,楼上花枝笑独眠。
　　为问元戎窦车骑,何时返旆勒燕然?

唐诗中写春思或相关题目者非常之多,但七律之中应以本诗最为有名。现在让我们来检视一下它好在哪里?

诗一开始就对起,而且是一联反对,第一句告诉我们春来了,莺莺燕燕好不热闹。第二句接着点出"思"的原因:经历冰天雪地的冬日,春天终于来了,可是我思念的人随着大将军去打胡

---

① 《全唐诗》在诗题下注云:"一作刘长卿诗。"不知孰是,今从多数选本。

人并没有回来,可我也去不了,因为中间要经过边城马邑以及白龙堆的大沙漠,来回得走好几千里呢!身既不能前往,只好以"思"来代替了,这就很自然地带出颔联身心分离的悲惨境遇。此联也用了一个反对,以身之所在的家对思之所往的心,有效地突显身、心分离之苦境。对句的心随明月到胡天,尤其是紧紧扣住第二句的马邑龙堆路几千。

颈联一转,一面承上进一步显示妇人的感受,而且一本温柔敦厚的传统,用极间接的方法来传达这一份感受,闺中妇女也和五胡乱华时的窦涛妻一样把对丈夫那种刻骨铭心的思念织入锦中。这一句暗用典故用得极其妥帖,因为窦涛妻与闺中妇人的处境几乎是完全平行的。这句诗也同时显示诗人用典技巧之高超,可以不留任何痕迹把典故化入诗中。再回到诗中的妇女,她的思君之情显然并没有因为被织入锦中而终结,事实上它是如此强烈,就连看到开得灿烂似锦的"花枝",都会怀疑它们笑自己在这美好的春日居然还独眠。由此可见这种身与心远离、"春"与"思"互相激荡的感受是多么强烈,这种矛盾是如何深刻。要解决这一层身与心分离之矛盾的唯一方法,就是让大将军窦宪赶快打败胡人,勒石燕然凯旋归来,这也是闺中妇女日夜思盼的结局。因此诗人就很自然地以妇人的这一问来结束全篇,这一问当然也道出了诗人的心声——盼望战争早日结束,和平早点到来,希望天下有情人都能与思念的人早日团聚,不必忍受分离的煎熬。但这种盼望如果由诗人自己直接道出,而不是透过诗中这位受尽分离折磨的妇女之口,那么它的震撼力就差多了。因此有些诗词家以为这一类的诗多半写得纤巧,余意以为不然,至少上面这一首诗给人的感觉就不是如此。

(103)《宫词》 薛逢
　　十二楼中尽晓妆，望仙楼上望君王。
　　锁衔金兽连环冷，水滴铜龙昼漏长。
　　云髻罢梳还对镜，罗衣欲换更添香。
　　遥窥正殿帘开处，袍袴宫人扫御床。

宫词与春思一样，在唐诗中也是多得不得了，因此一定要写得出色才有流传下来的机会。薛逢的这一首，有许多人都称颂过，我们现在就来看看它之所以流传千古的理由。宫词难写还有另一个理由，那就是它的题材很受限制，但也正因为如此，能脱颖而出者更能显示诗人技巧之高超。

本诗一开始就把时间地点交代清楚，时间是早起晓妆时，地点则是后宫。但诗人除了交代了时间和地点之外，还很有技巧地把后宫佳丽之多，以及人人都"望幸"的心情，在首联给点出来了。前者以暗用指多数的"十二楼"以及全称副词"尽"点出，后者则以连用两个"望"字来暗示。经由这些巧妙的安排，全诗的基调在此已显露无遗。首联也同时点出，虽然十二楼中人人都望幸，但"君王"只有一个，因此大部分的人是注定要失望的，因为人人有希望，个个没把握。于是期盼的日子就显得特别"长"，而期盼不到的结果自然是"冷"。这两种感觉是绝大部分的后宫佳丽所共有的，但诗人在诗中并不是直接由宫女的口中把这种感觉说出来，而是把这种感觉投射到所接触的事物上，因此颔联承上就用一联华赡的正对来反映这种感觉。首先出句指出，锁衔的"金兽"虽然视觉上是金碧辉煌，但后宫宫女的感觉却是"冷"，这种对比很能反映宫女的实际生活——锦衣玉食的背后却是冰冷的失望。其次对句的"铜龙"让人联想到君王，但这种"渴望"却是可望而不即，因此时间就显得特别"长"。注意诗人在此经由句式的安排,使得"冷"与"长"出现在对比的位置,而且是句尾信息焦点的位置,使这两种感觉显得非常突出。

颔联写完了宫女负面的感受,颈联一转,朝积极的一面去发挥。凡人只要一息尚存,通常都会存有一线希望,宫女们自不例外。她们还是要努力装扮自己,希望哪一天时来运转,皇帝会看上自己。这样的心思诗人如果直书道破,就会使整首诗索然无味,因此,诗人很巧妙地安排宫女晓妆时的两个小动作,借此把她们的心思勾勒出来,说她梳完云鬟还要照镜看看是否完美妥适,以及要更换罗衣之前,还要特别加点熏香使它会更香一点。不过这些努力对多数宫女而言,都敌不过命运的戏弄,摆在眼前残酷的事实是,昨夜君王并没有临幸于我,而自己只能偷偷地看着遥远的御床。这一联除了道出诗人的同情之外,也紧紧扣回第二句的"望君王",使整首诗成为首尾衔接的有机体,发挥了巨大的感人力量。

我们前头已经说过,虽然大部分的律诗都可以说是按照起、承、转、合的顺序把一首诗组织起来,但我们也说过,不是所有的律诗都是以此为最高原则。以下我们试举两例来看看其他的组织原则。

(104) a. 《宿云门寺阁》 孙逖

香阁东山下,烟花象外幽。
悬灯千嶂夕,卷幔五湖秋。
画壁馀鸿雁,纱窗宿斗牛。
更疑天路近,梦与白云游。

b. 《杭州春望》 白居易

望海楼明照曙霞,护江堤白踏晴沙。
涛声夜入伍员庙,柳色春藏苏小家。

红袖织绫夸柿蒂,青旗沽酒趁梨花。
谁开湖寺西南路,草绿裙腰一道斜。

(104a)跟大部分诗一样,也是由四个语意单位组成。首联言云门寺之所在,并状其超乎尘世外的幽静。颔联承首联之语意,言其在千山之怀抱中,并面对广大的湖光秋色,但造语秀拔,气魄雄伟,对仗工整,对寺外景象给予很精当的描述。颈联回到室内,言其壁画之情形,并承续先前写超出红尘的诗句,说从纱窗望出去可以看到北斗七星。可是诗人不说"看到",而用一个"宿"字,这个动词下得妙,因为它暗含"这里就是北斗七星的家"之意涵。循此思路发展,并发挥高度的想象力,最后诗人说他怀疑自己已走近天路,因此梦中发现自己驾着白云出游。

照以上的说法,这首诗的结构还算谨严,只是颈联的转折似乎不是那么有力,因此合的部分虽然有趣,却也只是顺着诗意发展下来而已。但如果我们从时间先后的角度切入来看这首诗,我们会发现它的顺序很自然,也很合乎中国人的叙述习惯。首联写诗人穿越"烟花"的尘世,来到这个位于象山下的清幽世界。不久就到了傍晚掌灯的时分,挂灯时往外一看,发现自己置身于夕阳照耀下的千山环抱之中,并面对五湖在秋天的美妙景色。颈联是躺在床上之所见,壁上画着飞鸿,纱窗住着北斗七星。尾联言已入睡,在梦中走近天路,并驾云出游。

从以上的分析我们发现,后者比较自然合理,应该是诗人在建构本诗时所遵循的法则。

(104b)是白居易对春天杭州城的描述。首联对起,分别提到了地标性的两个建筑——望海楼和护江堤,而且还挑选最美丽的时刻把它们呈现出来,那就是灯火通明的望海楼与灿烂的曙霞互相映照,以及白色的护江堤外有人踏着晴沙春游。颔联承上，继续描述杭州城的两大景——涛声与柳色。从护江堤过渡到涛声是语意顶真，非常自然。诗人不但描写此二奇景，并且巧妙地把它们与城内有名的两处古迹——伍员庙与苏小家——结合在一起。颈联续写杭州的名产绫罗与醇酒，诗人意象鲜明地用"红袖"与"青旗"来引进二者，并以柿蒂与梨花做衬。最后诗人以西湖附近的景物作结，说西湖及附近景物郁郁苍苍，一片青翠，就像一件绿裙；而在湖西南所开的一条路，就像斜在绿裙上的一条白丝带。

从上述的描述看来，虽然本诗也分四个语意单位：前三个分别由意象鲜明、色彩鲜艳的正对来表达，而最后一联则是问答式的连贯句。但严格地说，它们之间并没有呈现一般所谓的起承转合的关系，因此我们认为诗人有可能是遵循其他的原则来组织本诗。稍作检视不难看出，诗人最主要的是根据由远而近，由城外而城里，由景物、古迹而特产的顺序，最后再以一幅诗人所彩绘的西湖鸟瞰图作结，鲜明亮丽，留给读者没齿难忘的印象。虽然我在历史上没看到任何记载，但如果有人告诉我，白居易其实不怎么会画图，我是永远也不会相信的。

解析并欣赏完了这六篇律诗杰作之后，我们在此作一总结。虽然大部分律诗都以起承转合为篇章组织总则，但在此大原则底下，诗人还可以结合其他原则来写。因此大原则基本上固然不变，但结合其他原则以后所发生的变化，可说是无穷无尽，其中运用之妙只有存乎诗人一心了。

参考文献

蔡启伦选注(1979)《唐代绝句选》,济南:山东人民出版社。

蔡宗阳(1999)《文心雕龙》的反对类型,载《第一届中国修辞学研讨会论文集》。

曹逢甫(1980)中英文的句子——某些基本语法差异的探讨,载汤廷池、曹逢甫、李樱合编《一九七九年亚太地区语言数字研讨会论集》,台北:台湾学生书局。

曹逢甫(1984)四行的世界:从言谈分析的观点看绝句的结构,《中外文学》13.8。

曹逢甫(1988)从主题—评论的观点看唐宋诗的句法与赏析,《中外文学》17.1。

曹逢甫(1993a)从主题评论的观点谈中文的句型,载《应用语言学的探索》,台北:文鹤出版公司。

曹逢甫(1993b)过去两百年汉语词法与句法的英化,载《应用语言学的探索》,台北:文鹤出版公司。

曹逢甫(未刊稿)汉语音节与对偶的关系,新竹:清华大学语言学研究所。

曹逢甫,蔡立中,刘秀莹(2000)《身体与譬喻:语言与认知的首要接口》,台北:文鹤出版公司。

程湘清(1992)变文复音词研究,载程湘清主编《隋唐五代汉语研究》,济南:山东教育出版社。

仇兆鳌(1986)《杜少陵集详注》(台一版),台北:台湾商务印书馆。

傅庚生(1976)《中国文学欣赏举隅》,台北:文馨出版社。

富寿荪,刘拜山编著(1982)《唐人绝句评注》,台北:木铎出版社。

郭绍虞(1971)《中国文学批评史》,台北:明伦出版社。
何乐士(1992)敦煌变文与《世说新语》若干语法特点的比较,载程湘清主编《隋唐五代汉语研究》,济南:山东教育出版社。
何良俊(1966)《四友斋丛说》,台北:艺文印书馆。
胡震亨(1972)《唐音癸签》,台北:商务印书馆。
黄庆萱(1979)《修辞学》(三版),台北:三民书局。
黄庆萱,许家鸾(1979)《中国文学鉴赏举隅》,台北:东大图书公司。
黄盛雄(1979)《唐人绝句研究》,台北:文史哲出版社。
黄维梁(1977)诗话词话和印象式批评,载《中国诗学纵横论》,台北:洪范书店。
黄永武(1971)《诗心》,台北:三民书局。
黄永武(1977a)《中国诗学:鉴赏篇》,台北:巨流出版社。
黄永武(1977b)《中国诗学:设计篇》,台北:巨流出版社。
黄永武,张高评(1983)《唐诗三百首鉴赏》,台北:尚友出版社。
简明勇(1968)《律诗研究》,台湾师范大学国文研究所硕士论文。
姜书阁(1982)《诗学广论》,北京:中国社会科学出版社。
蒋绍愚(1990)《唐诗语言研究》,郑州:中州古籍出版社。
金圣叹(1985)《金圣叹选批唐诗》,杭州:浙江古籍出版社。
瞿蜕园、周紫宜(1972)《学诗浅说》,香港:上海书局。
蓝少成、陈振寰(1989)《诗、词、曲格律与欣赏》,桂林:广西师范大学出版社。
刘勰撰,周振甫注(1984)《文心雕龙注释》,台北:里仁书局。
吕正惠、洪宏亮、张梦机等选注(1977)《江南江北:唐诗赏析》(三版),台北:长桥出版社。
罗大经(1969)《鹤林玉露》,台北:正中书局。
马汉彦(1981)《唐宋绝句选析》,南宁:广西人民出版社。
梅祖麟(1969)文法和诗中的模棱,《历史语言研究所集刊》39本。

梅祖麟、高友工(1974a)分析杜甫的"秋兴":试从语言结构入手作文学批评(黄宣范译),载《语言研究论丛》,台北:黎明文化事业公司。

梅祖麟、高友工(1974b)论唐诗的语法、用字与意象(黄宣范译),载《语言研究论丛》,台北:黎明文化事业公司。

梅祖麟、高友工(1976)唐诗的语意研究(黄宣范译),载《翻译与语意之间》,台北:联经出版事业公司。

清圣祖(1974)《全唐诗》,台北:复兴出版社。

邱燮友注译(1973)《新译唐诗三百首》,台北:三民书局。

阮一阅辑(1973)《蔡宽夫诗话》,载《诗话总龟》,台北:广文书局。

沈德潜(1965)《唐诗别裁》,台北:台湾商务印书馆。

沈德潜(1966)《唐诗晬语》,台北:台湾商务印书馆。

师长泰(1991)《唐诗艺术技巧》,西安:陕西人民出版社。

施　瑛(1972)《旧诗作法讲话》(再版),台北:启明书局。

松浦友久(1993)《中国诗歌原理》(孙昌武、郑元刚译),台北:红叶文化。

汤廷池(1979)主语与主题的划分,载《国语语法研究论集》,台北:学生书局。

王夫之(1979)《姜斋诗话》(清诗话本),台北:西南书局。

王　力(1947)《中国现代语法》,上海:中华书局。

王　力(1958)《汉语史稿》,北京:科学出版社。

王　力(1968)《汉语诗律学》,台北:文津出版社。

王　力(1971)《中国语法理论》,台北:台湾商务印书馆。

王　力(1980)《汉语史稿》(增订版),北京:中华书局。

王　维(1966)《王右丞集》(台一版),台北:台湾商务印书馆。

徐复观(1974)《中国文学论集》,台北:台湾学生书局。

杨福生(1999)《唐代律诗赏析》,合肥:安徽文艺出版社。

杨　牧(1985)唐诗举例,载吕正惠编《唐诗论文选集》,台北:长安出版社。

叶维廉(1975)中国古典诗与英美现代诗——语言、美学的汇通,载《文学评论》第一集,台北:书评书目社。

叶维廉(1977)《中国古典文学比较研究》,台北:黎明文化。

叶维廉(1983)《比较诗学》,台北:东大图书公司。

叶维廉(1985)唐诗中的传释活动,载吕正惠编《唐诗论文选集》,台北:长安出版社。

余光中(1968)中国古典诗的句法,载《望乡的牧神》,台北:纯文学出版社。

张梦机(1970)《近体诗发凡》,台北:中华书局。

张梦机(1981)《古典诗的形式结构》,台北:尚友出版社。

张志公(1983)传统的章法论,载《认真学点语文》(上编),北京:北京出版社。

钟伯敬注释(1979)《千家诗》,台北:广文书局。

周英雄,郑树森编(1980)《结构主义的理论》,台北:黎明文化。

周振甫(1987)《诗词例话》(台再版),台北:长安出版社。

朱光潜(1982)《诗论》(台初版),台北:汉京文化。

庄严出版社编辑部(1980)《诗学义海》,台北:庄严出版社。

庄严出版社编辑部(1981)《古典诗歌入门与习作指导》,台北:庄严出版社。

Cassirer, Ernest(卡西勒)(1955) *The Philosophy of Symbolic Forms*, trans by Ralph Manheim. News Waven: Yale University Press.

Chen, Mathew Y(陈渊泉)(1979) Metrical structure evidence from Chinese poverty *Linguistic Inquiry* 10.3.

Chen, Mathew Y(陈渊泉)(1980) The primacy of rhythm in verse. *Journal of Chinese Linguistics* 8.

Chu, Chauncey C(屈承熹)(1998) *A Discourse Grammar of Mandarin Chinese*. New York: Peter Lang.

Jacobson, Roman (1960) Linguistics and poetics. *Style in Language*, ed. by T. A. Sebeok. Cambridge: MIT Press.

James, Carl (1980) *Contrastive Analysis*. London and New York: Longman.

Kao, Yu-kung(高友工), and Tsu-lin Mei(梅祖麟)(1971) Syntax, diction and imagery in Tang poetry. *Harvard Journal of Asiatic Studies* 31.

Kao, Yu-kung(高友工), and Tsu-lin Mei(梅祖麟)(1978) Meaning, metaphor and allusion in Tang poetry. *Harvard Journal of Asiatic Studies* 38.

Li, Charles N., and Sandra Thompson(1981) *Mandarin Chinese: A Functional Reference Grammar*. Berkeley and Los Angeles: University of California Press.

Lin, Jo-wang (林若望), and Chih-Chen Jane Tang (汤志真)(1995) Modals as verbs in Chinese: A GB perspective. *Bulletin of the Institute of History & Philology* 66.1.

Liu, James (刘若愚)(1980) A note on hyperbaton in Chinese poetry. *Journal of Chinese Linguistics* 8.

Liu, James(刘若愚)(1962) *The Art of Chinese Poetry*. Chicago: University of Chicago Press.

Quirk, R., S. Greenbaum, G. Leech, and J. Svartvik (1972) *A Grammar of Contemporary English*. London: Longman.

Smith, Barbara H. 1968) *Poetic Closure: A Study of How Poems End*. Chicago: University of Chicago Press.

Tsao, Feng-fu (曹逢甫)(1983) Linguistics and written discourse in particular language: Contrastive studies: English and Chinese (Mandarin). *Annual Review of Applied Linguistics* II, ed. by R. B. Kaplan. Rowley: Newbury House.

Tsao, Feng-fu（曹逢甫）(1978) Subject and topic in Chinese. *Proceedings of Symposium on Chinese Linguistics*, 1977 Linguistic Institute of Linguistic Society of America, ed. by Robert Cheng, Y. Li and T. Tang. Taipei: Student Book Co.

Tsao, Feng-fu（曹逢甫）(1979) *A Functional Study of Topic in Chinese: The First Step Towards Discourse Analysis*. Taipei: Student Book Co.

Tsao, Feng-fu（曹逢甫）(1982) The double nominative construction in Mandarin Chinese. *Tsing Hua Journal of Chinese Studies*, New Series 14.1—2.

Tsao, Feng-fu（曹逢甫）(1987a) A topic-comment approach to the *ba* construction. *Journal of Chinese Linguistics* 15.1.

Tsao, Feng-fu（曹逢甫）(1987b) On the so-called verb-copying construction in Chinese. *Journal of Chinese Language Teachers Association* 22.2.

Tsao, Feng-fu（曹逢甫）(1989a) Serial verb construction in Chinese. *Proceedings of the Second International Conference on Sinology*. Taipei: Academia Sinica.

Tsao, Feng-fu（曹逢甫）(1989b) Topic and the *lian… dou/ye* construction revisited. *Functionalism in Chinese Syntax*, ed. by Frank Hsueh and James Tai. Chinese Language Teachers Association Monograph Series No. 1. South Orange: Chinese Language Teachers Association.

Tsao, Feng-fu（曹逢甫）(1989c) Comparisons in Chinese: A topic-comment approach. *Tsing Hua Journal of Chinese Studies*, New Series 19.2.

Tsao, Feng-fu（曹逢甫）(1990) *Sentence and Clauses Structure in Chinese: A Functional Perspective*. Taipei: Student Book Co.

Tsao, Feng-fu（曹逢甫）(1996) On verb classification in Chinese. *Journal of Chinese Linguistics* 24.1.

Tsou, Benjamin K.（邹嘉彦）(1975) Problematic homonyms and internal realignment in the structure of language: The Chinese case. Manuscript.

诗题索引

白居易

春江 162

春题湖上 155

赋得古原草送别 157,174

杭州春望 178

江楼月 134

钱塘湖春行 156

问刘十九 124

新秋 127

岑　参

逢入京使 21,40

奉和中书舍人贾至早朝大明宫 143

寄左省杜拾遗 163

题苜蓿烽寄家人 21

西掖省即事 139,163

陈楚南

题背面美人图 19,40

陈　陶

陇西行 6,18,32,155,158

陈子昂

送魏大从军 106

储光羲

咏山泉 126

储嗣宗

骢马曲 144

崔　颢

行经华阴 122,128

崔　护

题都城南庄 21,22,78

崔　曙

九日登望仙台呈刘明府容 127,143,145,162

杜 甫

八阵图 15,36,165
白盐山 127
别房太尉墓 121
薄游 67
春望 156
得舍弟消息 67
登高 98,143,163
登岳阳楼 156
发潭州 64
房兵曹胡马 126,135,173
奉酬李都督表丈早春作 125
奉济驿重送严公四韵 121
涪城县香积寺官阁 133
赴青城县出成都寄陶王二少尹 66
覆舟 69
阁夜 71
和裴迪登新津寺寄王侍郎 64
见萤火 72
江汉 67
江南逢李龟年 10,15,26,165
绝句（四首之三） 11
客至 85,90,128,156,160—161
旅夜书怀 121,147,168
茅堂检校收稻 70
梅雨 65,68

陪郑广文游何将军山林 66,75,132
秦州杂诗（之七） 124,144
秋兴八首（其七） 111
秋兴八首（其八） 91,126,154
曲江 132
散愁 65
蜀相 114,135,162
水槛遣心（二首之一） 105
送段功曹归广州 125
送韩十四江东觐省 121
宿府 71
题柏大兄弟山居屋壁 70
天末怀李白 64,149
闻官军收河南河北 97,140,148
西山 69
峡口 128
野望 145
夜 134
萤火 66
又呈吴郎 129,140
宇文晁尚书之甥崔彧司业之孙尚书之子重泛郑监前湖 126
雨晴 65
月夜 142,149
月夜忆舍弟 75,123,156
赠别何邕 134

赠翰林张四学士垍 126
朝雨 67
自瀼西荆扉且移居东屯茅屋 135
佐还山后寄 70
日暮 128

杜 耒
寒夜 33

杜 牧
斑竹筒簟 33
泊秦淮 20,36,77
池州春送前进士蒯希逸 141
赤壁 28
寄李起居四韵 144
九日齐山登高 127
遣怀 20,23
清明 18,30
山行 25
商山富水驿 132,140,143
题乌江亭 19
题宣州开元寺水阁下宛溪夹溪
　居人 163
赠别（其一）20,36
赠别（其二）21,45
赠渔父 20

杜秋娘
金缕衣 15,42

杜审言
和晋陵陆丞早春游望 125

杜荀鹤
春宫怨 148

高 适
别董大 30
淇上送韦司仓 112
送李少府贬峡中王少府贬长沙
　76,131
送张瑶贬五溪尉 133
夜别韦司士 142
真定即事奉赠韦使君 129

贯 休
献蜀王建 122,130

韩 翃
酬程近秋夜即事见赠 162
同题仙游观 152,163

韩 愈
春雪 17,36,166

左迁至蓝关示侄孙湘 62

贺知章
回乡偶书 19,46,76
咏柳 21,30

皇甫冉
春思 75,152,155,175

皇甫松
采莲子 7
黄巨源
城东早春 5,24

贾岛
送胡道士 72
闻蝉感怀 18
寻隐者不遇 22,44

贾至
送李侍郎赴常州 22

金昌绪
春怨 30

来鹏
除夜书怀 139

李白
春夜洛城闻笛 17
登金陵凤凰台 131
宫中行乐词 163
寄淮南友人 139
静夜思 25,166
劳劳亭 28
秋登宣城谢朓北楼 156
山中问答 22,36
送友人入蜀 83,134
苏台览古 10
下江陵 95
忆东山 37,80
与夏十二登岳阳楼 142
玉阶怨 17,25
越中览古 9
赠孟浩然 75,120,126

李端
听筝 32

李贺
南园(十三首之一) 20,32
示弟 140

李 廓
忆钱塘 142,155

李 颀
寄司勋卢员外 122
篱笋 65
送魏万之京 143,156
野老曝背 113

李 峤
长宁公主东庄 125

李群玉
长沙开元寺 130
春寒 129
黄陵庙 130

李山甫
贫女 88

李商隐
蝉 114
嫦娥 14,32
重有感 126
登乐游原 7,18
贾生 6
锦瑟 130
钧天 36
留赠畏之 17,24
柳 21
马嵬 154
隋宫 76,86,155,156
为有 7,32
无题（包括三首）76,140,143,
　144,157,159,164
夜雨寄北 6,24,49
忆梅 21,36,166
月 14

李咸用
秋日访同人 126

李 益
宫怨 14
江南曲 19,28
同崔邠登鹳雀楼 142,156,162

梁 锽
七夕泛舟 139

刘 沧
咸阳怀古 106

刘方平
春怨 20

刘 兼
春晚闲望 135

刘 琨
重赠卢谌 160

刘脊虚
阙题 123

刘 威
游东湖 139

刘禹锡
奉和裴侍中 133
荆门道怀古 154
石头城 15,23,166
乌衣巷 14,23
西塞山怀古 75,155
赠同年陈长史员外 135
竹枝词 33

刘长卿
初到碧涧 66
酬张夏 67

瓜洲道中送李端公南渡后归扬州道中寄 6,18
过贾谊宅 126
送李中丞归汉阳别业 144,145,152
送灵澈上人 15,25,48,162,165
送严士元 123,124,127,140,154,162
新安奉送穆谕德归朝赋得行字 132
弹琴 34,166

柳宗元
登柳州城楼寄漳、汀、封、连四州刺史 157
长沙驿前南楼感旧 5,23
江雪 14,25,81,165
柳州城西北隅种柑树 143

楼 颖
西施石 21,22

卢 纶
塞下曲 22
晚次鄂州 156
贼平后送人北归 121

卢照邻
曲池荷 15,33
雨雪曲 156

陆龟蒙
寒夜同袭美访北禅院寂上人 72

罗隐
柳 79
绵谷回寄蔡氏昆仲 123,128
曲江春感 122

骆宾王
别李峤 154
于易水送别 20

孟浩然
春晓 7,16,23
过故人庄 84,127,142,147,163,169
京还留别 126
上张吏部 126
岁暮归终南山 142
望洞庭湖赠张丞相 123,162
早寒江上有怀 121,155

孟郊
古体折杨柳 155

皮日休
汴河怀古 5,28

齐己
早梅 122,154

綦毋潜
送章彝下第 136

钱起
题崔逸人山亭 32
赠阙下裴舍人 162

秦韬玉
对花 127
贫女 88,122,129,140

沈彬
秋日 130

沈佺期
独不见 155
夜宿七盘岭 156,162

诗题索引

司空曙
江村即事 5
喜外弟卢纶见宿 128,140,141,154

司马扎
登河中鹳雀楼 130

宋祁
将到都先献枢密太尉相公 128

宋之问
渡汉江 20,26

苏轼
冬景 15,33
和人东栏梨花 6,33,82
饮湖上初晴复雨（之二）14,47

孙逖
宿云门寺阁 90,142,178

王勃
别薛华 142

王昌龄
长信怨 17,34
出塞 5,17,28
芙蓉楼送辛渐 5,25
闺怨 44
沙苑南渡头 136

王翰
凉州词 16,25

王籍
若耶溪 160

王驾
雨晴 18,37

王建
李处士故居 149

王湾
次北固山下 142

王维
春日上方即事 91
泛前陂 135
故南阳夫人樊氏挽歌 68
观猎 67,75,121,126
归嵩山作 139,156
过感化寺昙兴上人山院 64

过香积寺 68,75,141
汉江临泛 91
积雨辋川庄作 162
九月九日忆山东兄弟 24,49
慕容承携素馔见过 66
鸟鸣涧 15,40,166
淇上即事田园 65
山居即事 69
山居秋暝 65,75,90,156,162
送别 18,23
送孙二 67
送严秀才还蜀 66
送友人南归 69
送元二使安西 30
送梓州李使君 67
辋川闲居 68,148
渭城曲 7
相思 17,30
杂诗 19,42
早朝 91
终南别业 126
竹里馆 17

王　涯

秋夜曲 41

王之涣

出塞 14,33
登鹳雀楼 14,31,148,165,166

韦承庆

南行别弟 36

韦应物

滁州西涧 7,80
淮上喜会梁州故人 155
寄李儋元锡 123,129,130,140
听江笛送陆侍御 27

韦　庄

金陵图 6,32
思归 130
章台夜思 126

温庭筠

商山早行 163
苏武庙 76

吴　融

途中见杏花 123,124,140,143,163

西鄙人
哥舒歌 5

谢贞
春日闲居 161

许浑
咸阳城西楼晚眺 113,162
早秋 113

薛逢
宫词 122,157,163,177

薛涛
牡丹 122

叶绍翁
游园不值 19

元稹
遣悲怀(三首之一) 127,157
遣悲怀(三首之二) 90,140
遣悲怀(三首之三) 149
遣行 69
行宫 21,37
早归 136

苑咸
登润州城 128

张泌
寄人 6,18,32

张碧
农父 6,24

张祜
宫词 15,40,165
题杭州孤山寺 124

张籍
奉和陕州十四翁 128
寄和州刘使君 134
节妇吟 164
老将 134
陪崔大尚书及诸阁老宴杏园 19,37
书怀寄王秘书 136
送友生游峡中 139,144
忆故州 15,26
征西将 124

张九龄
望月怀远 142,148

张 说
还至端州驿前与高六别处 155

张仲素
春闺思 14,165

张 旭
山中留客 4

赵 嘏
长安秋望 76
江楼感旧 20,23

周 在
闺怨 14,28